広告の会社、作りました

中村航

ポプラ文庫

contents

いい人生って
なんだろう

日々、銀行口座の残高が減り、気力は削られていった。

転職活動を始めて三ヶ月になるが、良い結果はさっぱりでない。この状態が続いたら、自分はどうなってしまうのだろう……。

パーカーのフードを深く被り、遠山健一《とおやまけんいち》は人波を避けながら歩いた。

街にいる人のうち、何者でもないのは自分だけだ。高校生の集団、スーツ姿の会社員、レジを打つ店員、工事現場の作業員、定年後と思われる老人――。彼らは自分のことを、どこの誰だと説明できるだろう。それができない自分の行く末だけが、ろうそくの炎のように、ゆらゆらと頼りなく揺らめいている。

不安だ、と、健一は思った。

左にあるオフィスビルの入り口には、テナント企業を示すプレートが並ぶ。下から富士《ふじ》マーケティング、青木《あおき》クリニック、ケイオーリフト、ワンエレファント、株式会社ハルガ、オールミット、久石《ひさいし》工業、ムテキコンテンツ、株式会社ロムクリア――。通り過ぎた先にも、同じようなオフィスビルが並び、同じようにいくつもの会社が入居している。

健一の住むこの名古屋《なごや》市だけで、十万を超える事業所があるらしかった。大小の差はあっても、それぞれの事業所には、それぞれの仕事がある。それぞれの従業員たちはみんな、社会を構成する一員として立派に働いている。

逃げるような気分で入ったそのコーヒーショップも、全国チェーンの大きな会社だ。カウンターで働く人たちの他にも、経理や人事や営業の仕事をしている人がいるのだろう。健一の求めるデザイン部門も、あるかもしれない。

早くどこかの会社に入って、デザインの仕事がしたい……。

パーカーのフードを外して見回した店内に、デザインされてないものなどなかった。コーヒーのカップにも、メニュー表にも、商品を宣伝するPOPにも、感じのよいデザインが施されている。店員の帽子やエプロンや、椅子やテーブルやゴミ入れや、カウンターで注文している客の服やカバンも、すべて誰かがデザインしたものだ。

世界にはこんなにデザインが溢れているのに、自分はこの三ヶ月、その仕事をまったくできていない。この状態がいつまで続くのか、目処も何もない。キャリアは一年を超え、ようやくデザイナーという肩書きに慣れてきたところなのに……。

「お待たせしましたー。ご注文をどうぞー」

「……ホットコーヒーの、……Sで」

自分の順番が回ってきたので、健一は久しぶりに声をだした。

「はい。サイズはSでよろしかったでしょうか？」

健一の声が小さかったのか、スタッフに聞き返された。

「……はい。Sで」

「ホットコーヒーのS、ありがとうございます」

居心地の悪さを感じながら会計をし、コーヒーを受け取った。席について、周りを見回し、誰も自分に注意を払っていないことを確かめる。

不安だ、と、健一はコーヒーカップを見つめた。

就職できないのも不安だし、今コーヒーを飲んだら熱すぎて火傷《やけど》するんじゃないか、というのも不安だ。自分が頼んだのはコーヒーのSだが、そのSは失業者のSと思われているんじゃないか、だからスタッフがSを強調したんじゃないか、と、あり得ないことまで心配してしまう。

まさかこんなことになるなんて……。

健一にとってそれは、青天の霹靂《へきれき》だった。迷ったり悔やんだり、ということではなく、ただ当たり前にあった一本の道が、突然途切れてしまったのだ。

デザインの専門学校をでた健一は、広告制作会社「アド・プラネッツ」、略してアドプラに勤めていた。社員総勢十数人の小さな会社だが、不況のなかでも、なんとかうまくやっていたし、この先もここで働くものだと思っていた。

終身雇用の時代はとっくに終わったと知っているけれど、そもそも健一にとって未来とは、一年後とか、せいぜい三、四年後のことだ。指示された仕事をやって、やり直しを求められたらやり直して、OKがでたら終わりで、ときどき褒められることがある。仕事とはそんな感じのことの繰り返しで、その先に何があるかなんて、あまり考えたことがない。

あるとき、アドプラのメイン顧客《クライアント》が、テレビのニュースに取りあげられるような不祥事を起こした。仕事をしているとそういうこともあるのか、という、ぼんやりした感想を健一は持った。

その日を境に、アドプラの仕事量が、わかりやすく減っていった。やがて一人、二人と社員が辞めていき、しかも優秀と思われる人から順に辞めるので、何か普通ではないことが起こっている、と理解が追いついてきた。

このままではまずいのかもしれない。でも新人に毛が生えたような自分に、できることなどない。うっすらとした不安のなか、辞めた先輩デザイナーの仕事を引き継ぎ、健一はそれまでよりもかえって忙しい生活を送っていた。

「なので遠山くん、パイプ椅子を用意しておいてもらえる？」

「はい、了解です」

その日、会社全体で、ミーティングがあるということだった。

社員全員となると大会議室でも椅子が足りなくて、これまでだったら五、六個、椅子を運び込む必要があった。だけど今は退職してしまった人がいるので、一、二個で足りそうだ。

夕方、外回りの営業の人が会社に戻ってくると、マネージャーの号令で、全員がばらばらと会議室に入った。ほどなくして入ってきた社長の権田《ごんだ》に続いて、もう一人、かっちりしたダークスーツ姿の男性が姿を見せた。

あれは誰だろう、と社長の隣に座ったその人を観察したが、見覚えがなかった。

社長に目を戻すと、いつになく緊張した表情をしている。

「……今日、みなさんに、集まってもらったのには、理由があります」

震える声で言った社長は、おもむろに立ちあがった。

「……実は、この会社は今日で倒産します。大変申し訳ない」

深々と頭を下げる社長を、唖然《あぜん》として見つめた。

「残念ながら……、会社の資金が続かなくなり……、今後の事業継続は、断念せざるを、得ません」

雷撃を浴びたような気分だった。会社というものは倒産することがある、とは知ってはいたが、その瞬間がこんなふうに訪れるなんて、想像すらしていなかった。

「質問は、後ほど受けつけますので、まずは説明をさせてください」

ゆっくりと着席した社長は、手元の資料に目を落とした。

「債務総額は、約九千万円です。債務超過の主な理由は売上減・利益減による資金不足になります」

気丈に振る舞っている、というのだろうか。最初こそ声を震わせていた社長だが、そこからは凜《りん》とした態度で説明を続けた。

「本日をもって、株式会社アド・プラネッツは倒産となり、社員のみなさんを解雇せざるを得ません。給与はこの後、給与明細とともに手渡しします。予告のない解雇になるので、解雇手当一ヶ月分を、給与に加えて支給します」

メモを取るべきなのかもしれないが、それをする者は誰もいなかった。

「離職票は、この場に間に合わなかったので、数日後に郵送します。みなさんはそれをハローワークに持参し、失業手続きをし、失業手当等を受けとってください。退職金についても、共済から支払われますので、それぞれ手続きをお願いします」

社長の説明はよどみなく続いた。

会社にある私物を、本日中に整理し持ち帰ってほしい。この後は、社長の代理人である弁護士が会社の倒産処理をする。明日以降は、代理人の立ち会いがなければ会社に入れない。継続中の仕事をどうするかは、役員が得意先と調整する。例えばフリーランスとして継続して参加するかどうか、当人の都合で決めてよい――。

「このたびは、わたしの力不足でこのようなことになり、大変申し訳ないと、思っています。しかしこれ以上事業を続けていくと、損失ばかりが膨らみ、みなさんに給与を支払えなくなるおそれがあったので、倒産を決断しました。どうか理解してください」

隣に座る先輩のため息が聞こえた。健一は呆然《ぼうぜん》と社長の顔を見ていたが、半分位の社員は下を見ている。

「補足説明をさせていただきます」

ずっと黙っていたダークスーツ姿の男が口を開いた。

「当職がこの会社の破産処理を受任した、弁護士の鈴村《すずむら》と申します。これ以降、権田社長は当事者能力を失い、この会社の管理責任者は、当職になります」

当職というのは聞き慣れない言葉だったが、当方とか小生とか吾輩《わがはい》とか、そういう類いの言葉だろう。

「権田社長は、会社の借り入れ債務の連帯保証を個人でしており、つまり、個人財産を供出して、今回の責任を取られています。社員の給与や解雇手当が支給されないまま倒産するケースも多いなか、この会社で、それが支払われるのは、経営者の努力の結果として、認めていただけると幸いです」

隣でそれを聞く社長は、じっと目を閉じていた。

「それでは、質疑応答に移ります。ご不明点のある方は、挙手願います」

ご不明点、と言われても、健一にはわからないことだらけだった。一体、どうしてこんなことになってしまったのか……。明日から自分はどうすればいいのか……。というより今、怒るべきか、悲しむべきか、自分の気持ちがよくわからない。

先輩たちも同じようで、会議室内はざわつくばかりだった。だがやがていくつか、失業手当に関してと、退職金についての質問があった。会社都合での解雇だから、失業手当はすぐにでるらしい。退職金についても、アドプラは退職金共済を利用しているため、少ないながらも規定どおりの額が支払われる。

今日この後の、私物の搬出《はんしゅつ》についての質問もでた。今日中に持ち帰るのは不可能だという人がいて、後日、弁護士の立ち会いのもと会社を開けることが決まった。あとはメールアドレスがいつまで使えるか、とか、継続中の仕事についての確認が続いた。

二十時近くになると質問も出尽くし、会議は終了となった。

張り詰めた空気のまま、一人ずつ給与と解雇手当を受けとり、サインをしていった。社員はそれぞれ、持ち帰れるだけの荷物をまとめ始める。

「遠山くん、本当に申し訳ないんだけど、この後、少しだけ残ってくれるかな」

最後に掃除や施錠をするから、若手の健一に手伝ってほしいということだった。

健一はうまく頭を働かせられないまま了承し、まずは自分の荷物をまとめる。

「……それじゃあな、健一。何かあったら相談してこいよ」

「はい……」

一足先に会社をでる先輩に声をかけられ、健一は泣きそうになってしまった。

この先輩とは、一緒に東京に出張したことがあった。ガールズバーというものに、生まれて初めて連れていかれ、しこたま飲まされた。だけど彼とも今日限り、会うことはないのだろうか……。

「……じゃあお先に、遠山くん。こんなことになるとは思わなかったけど」

「はい。桐山《きりやま》さんも、お元気で」

いちばん歳の近い桐山さんには、仕事の進め方を教わることが多かった。だけど、こんなことになるならもっと、桐山メモを残しておけばよかった……。

「じゃあな、健一。頑張れよ」

「……はい。川上《かわかみ》さんも」

営業の川上さんには、どやされたことが何度かあった。だけど一度、健一がお客さんを本気で怒らせてしまったとき、川上さんが一緒に謝ってくれて、その場を収めてくれた。そのとき川上さんは、健一のミスには何も言わなかった。

「遠山くん。今までありがとうね」

「こちらこそです。ありがとうございました」

今までほとんど喋《しゃべ》ったことのない先輩とも、挨拶を交わした。どんな人なのかもよく知らないが、こんなことなら、もっと喋っておきたかった……。

気付けば会社に残っているのは、健一と社長と弁護士だけだった。

健一の私物は少ないから、今日すべて持ち帰ることができる。つまり自分はもう、ここに来ることはない。

本当にこれで終わりなのだろうか……。毎日、当たり前のように通っていたこの場所に、二度と来ることはないのだろうか。先輩たちと会うこともないのだろうか……。

「じゃあ、遠山くん。手伝ってもらえるかな」

「……はい」

社長と二人で、オフィスの片付けを始めた。ゴミをまとめ、火の気のあるものがないかチェックし、ガスの元栓を閉める。窓などの施錠を確認し、カーテンやブラインドを閉めていく。

「急にこんなことになって、申し訳なかったね」

社長はつぶやくように言った。急にこんなことに、こんなことに――。

「あの、」

質疑応答のときにも、その質問はでなかった。全体会議のとき、健一が知りたかったのは、私物の持ち帰りについてやメールアドレスのことではない。どうして倒産することになったのか、というのは置いておいて、まず根本的な疑問があった。

こんなに大きなことが、こんな急に、決まってしまうものなのだろうか。今日をもって倒産する、と社長は言ったけど、それはいつ決まったのだろう。社員のなかには、会社が倒産することを知っていた人もいたのだろうか……。

「……あの、会社が倒産するってのは、……いつ決まったんですか？」

「ああ」

社長は深い声をだし、健一を見た。

「本当は、もっと前に伝えられたら、良かったんだけどね……」

社長のデスクで書類を整理していた弁護士が、手を止めてこちらを見た。

「正直に言えば、二ヶ月前にはもう、これは持たないな、という感じだったんだ。だけどそれが債権者に漏れたら、取り立てが殺到して、社員の給与すら、払えなくなってしまう。それだけは避けなきゃならないけど……、社員だって、今後のことがあるんだから、早く伝えてあげたい。そういう状況のなか、ずっと弁護士の先生と、倒産の準備を進めてきて……。ずっと、謝りたい気持ちで……」

社長は声を詰まらせた。

「だけど今日の日を、無事に乗り切ったから、あとは明日、債権者にファックスを送って、それですべて終わ――」

うう、とうめくような声をだした社長が、ハンカチで目をぬぐった。見たことのない社長のそんな姿を、健一は言葉もなく見守る。

「社員、全員には……、謝っても謝りきれないし、本当に感謝している。まして、遠山くんみたいな若者を、急に放りだすことになってしまい、本当に申し訳ない……」

「……いえ」

と、健一は言った。他に言えることなんてなかった。自分の親よりも年上のこの人が、自分より大変な事態を迎えていることはわかる。

「権田社長、それから遠山さん」

いつの間にか、弁護士の先生が立ちあがっていた。

「わたしもいくつか会社の倒産に立ち会いましたが、こんなに滞りなく、事業停止日を迎えるケースは珍しいです」

彼は健一と社長を交互に見た。

「社長は最後まで、真摯《しんし》に努力されましたし、社員のみなさんの、お人柄にも助けられました」

弁護士の言葉は美しくも空しく、アドプラ最後の夜に響いた。

「だからみなさん、明日も早いですから、作業を続けましょう」

はい、と声にはださずに、健一は頷《うなず》いた。

三人はそれからしばらく、黙ったまま作業を続けた。

もうすべては終わってしまったのだ。自分は結局、すべてが終わってから、それを知ったのだ。

あらかたオフィスが片付くころには、深夜になっていた。

三人で会社をでて、入り口を施錠した。最後に社長が、ドアに貼り紙をする。


――株式会社アド・プラネッツは、七月二十三日をもって倒産しました。


運命がゆるがされた一日が終わると、翌日から、受難の日々が始まった。

先輩のアドバイスに従って、健一はアドプラのような制作会社ではなく、広告代理店への転職を試みた。だが大手はもちろん、中小の代理店からも、ことごとく不採用をくらった。面接が苦手ということもあるが、そもそも書類審査で落とされることが多い。就職して二年を過ぎていれば良かったのかもしれないが、一年三ヶ月というのは、キャリアとして認められにくいようだ。

フリーでやってみたらどうだ、とアドバイスしてくれる先輩もいた。元アドプラ社員のなかには、転職せずにフリーランスとしてデザイナーやディレクターを続ける人もいる。だけどそもそも、フリーランスというものがどういうものか、健一にはよくわかっていない。

「……フリーランス、って、どうやって仕事すればいいんですか？」

「やってみれば簡単だよ」

先輩は事もなげに説明してくれた。営業して、仕事を取ってきて、仕事をしたら納品して、請求書を書いて、お金の管理をして、年に一度確定申告をする。

「それだけのことだよ」

営業して……、仕事を取ってきて……、と、手順はわかるのだが、そんなことが自分にできるとは思えなかった。そもそも誰に営業すればいいのかもわからないし、もし自分がクライアントだったら、こんな、はあ、とか、うーん、とか言っているデザイナーに仕事を頼みたくないだろう。

学生のころ、働くというのがどんな感じなのか、よくわかっていなかった。自分に何ができるのかも、よくわからなかった。

だけど、入社してみたら、誰かが仕事の道筋を与えてくれた。最初はできなかったことも、次第にできるようになった。会社とは自分に、道を与えてくれるものなのだ。

だから、会社に入りたい、というのが、健一のたった一つの小さな願いだ。

大きな会社じゃなくたっていい。豆つぶのように小さな自分にだって、少しの特技や情熱はある。どこか会社に入って、与えられた仕事を淡々とこなす。そうして世界の経済活動の一翼になれるだけで、満足なのに……。

——最近どう？　年末にはこっち来るよね？

母から届いたメッセージに、健一は短い返事をした。

——元気でやってるよ。行くつもりだよ。

一人親の母は、健一が就職するのと同時に再婚し、九州に引っ越した。小さなころから苦労をかけた母には、会社が倒産してしまったことは伝えられなかった。早く転職先を決めて、実は転職したんだよね、と言おうと思っているのだが、その日は本当に来るのだろうか……。

不安だ、と健一は思う。

自分はいまだ、どこにも、何にも、所属できていないし、その見込みもない。失業手当は、今月で給付が終わってしまう。

忘れていたコーヒーに口をつけると、すでに冷めてしまっていた。自分は一体、ここで何をしているんだろう……。

健一はぼんやりと、今日ここに来た理由を思いだした。

登録した転職サイトの求人案件には、あらかた応募し尽くしてしまった。だから今日は、駅などに置いてあるタウン誌の求人広告を探しにきた。場合によっては、アルバイトをしなければならないし、あらゆるタウン誌を集めようと、街にでてみたのだ。

駅やコンビニで集めた多くのタウン誌が、健一のリュックに入っていた。冷めたコーヒーを口にしながら、取りだしたそれを、ぱらぱらとめくってみる。

そんなに都合よく目指す求人は見つからないだろうな、と思っていたのだが、そのとおりだった。めくってもめくっても、契約社員やアルバイトの募集が多くて、健一が目指すものはない。二冊目も、三冊目も、同じような感じだ。だけど——、

――デザイナー募集　即戦力求ム　服装自由。

サハラ砂漠の真ん中で、ふいに金貨を拾ったような気分だった。誌面の片隅の切手一枚分くらいの小さな広告だったが、「デザイナー募集」の文字が輝いて見える。

信じられない気分だったが、考えている暇はない、とも思った。広告にはメールアドレスだけが書いてある。t、e、n、s、h、i……、と、そのアドレスをベタ打ちし、広告を見て応募した、ということだけを書く。

ぴろりーん、と、スマートフォンがメールの送信完了を告げた。

もっと長い文章を書けばよかったのかもしれないが、誰かに先を越されたくなかった。だけどどうだろう……。たまたまこの求人を見て、デザイナーの応募をする人間が、何人もいるとは思えない。これは会社の求人広告というより、家庭教師募集とか、迷い犬探してます、とか、そういうものに似た匂いがする。

ぴろりーん、と音がして、スマートフォンがメール受信を伝えた。さっきメールをだしてから、まだ一分も経っていなかったが、それは確かに、健一に宛てた返事だった。

――明日の十四時にお越しください。


まじでか、と健一は思った。

十数文字の簡素な返事だったが、金貨に続いて宝箱を掘り当てたような気分になった。この三ヶ月近く、誰にも必要とされなかった自分がついに、誰かに必要とされている！

だけどこれ本当なんだろうか、と、疑いの気持ちが湧いたあたりで、今度は住所の書かれたメールが届いた。

坂戸《さかど》通り一―一―一　秀徳《しゅうとく》レジデンス一〇一号――。

さっきのメールからまだ十数秒しか経っていないし、住所の他には何も書かれてなかった。もしかしたら、先方も急いでいるのかもしれない。

健一は慌てて、明日の十四時に指定の住所に伺う旨を、返信した。

この三ヶ月は、なんの進展もなかったが、一分か二分で、こんなに話が進むこともある。

残っていたコーヒーを飲み干し、健一は立ちあがった。もしかしたらコーヒーのSは、採用のSなのかもしれない、などとバカなことを考えながら。

◇

「Immigrant Song」――。

レッド・ツェッペリンの「移民の歌」は、いつでも健一を奮いたたせてくれる。これを歌う勇者のように、自分は今から、新世界へと向かうのだ。

ほとんど記憶にはない父の好きだった音楽だ。健一の物心がつく前に亡くなった父が、遺していった何枚かのレコード。その当時、健一の家にはすでにレコードプレイヤーはなかったが、父はレッド・ツェッペリンのアルバムだけは処分せず、ずっと手元に置いていたらしい。

中学生になって聴き始めたその音楽は、健一にとって特別なものになった。飽きるほど聴いてしまったそれを、今では理由なく聴くことはない。理由があるときだけ、健一はその音楽に浸り、大切な何かを取り戻そうとする。

目的の駅に着き、健一は静かにヘッドフォンを外した。

地下鉄の列車を降りた足取りに、迷いはなかった。６番出口をでて、道なりに進み、左に曲がる。アドプラ時代に仕事で何度か来た、馴染《なじ》みのある通りを進み、途中、何度か時間を確認する。

名古屋市いちばんの繁華街へと続く街だった。住宅用のマンションが多いが、進むにつれてオフィス用の雑居ビルが増えていく。やがてほとんど繁華街と言ってもいい場所まで、歩いてくる。

坂戸通り一―一―一　秀徳レジデンス一〇一号――。

目的の秀徳レジデンスは、三階建てのかなり古いマンションだった。建物を囲んだ木々の育ちすぎた感じが、築三十年以上、もしかしたら築四十年とか五十年を想像させる。窓まわりの白い鉄格子や、白い外壁の凹凸も、最近の建物には見られないものだ。

一―一―一〇一という覚えやすい住所だが、多分、事務所として狙って入居したのだろう。ぱっと見は居住用のマンションだが、あえてこういうところにオフィスを構えるのは、ここの社長のセンスなのかもしれない。

そう言えば、今日の日付は十月二十三日で、アドプラが倒産してちょうどぴったり三ヶ月だった。大丈夫、きっと自分は採用してもらえる。ちょうどぴったり三ヶ月で、自分は社会復帰する。一一一一のこの場所で。

約束の時間まであと四分なのを確認し、さっと身なりを整えた。「服装自由」と広告に書いてあったので、ネクタイはしてこなかった。だけどこれくらいは礼儀だろうと思ってジャケットを羽織ってきた。三つあるボタンのうち上二つをとめ、深呼吸をする。

やがてゆっくり歩を進めた健一は、無人のエントランスを抜けた。右か左か迷いながら右に曲がったが、それで正解だったようだ。目の前にあったドアの脇に、一〇一という表示がある。

表示の下に、手書きの表札が差し込まれていた。油性ペンで簡単に書かれたものだが、シンプルでセンスがいい。

——天津功明広告事務所

広告を見て連絡を取ってここまでやってきたのだが、そう言えば会社名は今初めて知った。ＡＭＧとか昭明社《しょうめい》とかアルファー・ディー・スリーとか、これまで試験を受けてきた会社名とは全然違うけど、なんと言うか、昔の探偵ドラマにでてくるような名前で、好感が持てる。

よし、と短く息を吐いた健一は、そろりとインターフォンを押した。

はい、という低い声がスピーカーから聞こえた。と同時に、いきなりドアが開いたので驚いてしまった。

「……あ、はじめまして、メールした遠山です」

「ああ、どうも。天津《あまつ》です」

「あー、はいー」

アマツ……。テンシンだとばかり思っていたので、あー、はいー、などとおかしな返事をしてしまった。「天津功明」という名前から年配の男性を想像していたが、三十代か、もしかしたら二十代かもしれない。

「どうぞ、入ってください」

背が高くて、うすくヒゲを生やし、どうぞ、と部屋の中を指す手が大きかった。柔らかそうな綿の白シャツに黒のスラックスという、カジュアルな服装をしている。

事務所には今、彼以外に人がいないようで、玄関には底の薄いスニーカーが一足あるだけだ。

健一は靴を脱ぎ、揃《そろ》えられた黒いスリッパに足を入れた。歩きだすと同時に、はいこれ、と彼が小さな紙を渡してきた。

なんだろうと見てみると、名刺だった。

天津功明広告事務所
コピーライター
天津功明《あまつこうめい》

天津功明広告事務所の天津功明さんということは、彼がこの事務所の代表なのだろう。だけど名刺の肩書きは、代表とかアートディレクターとかではなく、『コピーライター』だ。

「じゃあ、こっちの部屋で」

通された六畳くらいの小さな部屋には、作業机と椅子だけがあった。がらんとした部屋を構成する面と線は、白と黒だけで構成されている。

「さっそくだけど、このチラシ作ってもらえるかな。Ｂ４の表と裏」

「え……？」

男がいきなり紙を差しだしてきたので、健一は驚いてしまった。

「ん？　どうしたの？」

「あの、面接……、面接じゃないんですか？」

「ああ！　そうだったね。えーっと、名前は？」

「遠山健一といいます。よろしくお願いします」

慌てて頭を下げた健一に、天津はにこやかに微笑んだ。

「おー、よろしくね、遠山ちゃん。じゃあ、これテストだと思って、やってみてよ」

「……テスト……ですか」

遠山に渡された紙を見てみると、顧客がまとめたと思われる発注シートだ。商品の仕様や納期などの指示が、細かく箇条書きにされている。

「……クリスマス、ケーキですか」

「うん。もうそんな季節なんだねー」

七月末にアドプラが倒産して、暑い時期の転職活動を経て、十月末の今はもう、クリスマスケーキのチラシを準備する時期のようだ。

「……わかりました。じゃあ、テストのつもりでやってみます。Mac はどこですか？」

「Macはないね。そのリュックに入ってないの？」

天津が健一のリュックを指さした。

「はい……一応、今までに作ったデザインを見せようと思って、MacBookを持ってきましたが」

「じゃあ、それでやってくれないかな？」

「いや、でも、」

「取りあえずでいいからさ、取りあえず」

「……わかりました」

デザイナーを募集しておきながら、Macが用意されていないとは、どういうことだろうと思ったが、取りあえずということであれば、MacBookでも対応できる。

「これは、どこまでやればいいですか」

デザインを最後まで仕上げるには、結構な時間がかかるものだ。面接のテストということなら、一時間でどの程度まで仕上げられるか、といったテストか、あるいはメインビジュアルのサムネイルを作って見せてみる、とかそんな感じを健一は予想した。

「そうだね。今日は表だけでいいや。表面を今日中によろしく」

「表？　表面を全部ですか？」

「そう。クライアントにせっつかれててさ。急ぎなんだよね」

採用試験を想定していた健一は、驚いてしまった。話の流れを総合すると、つまり今、自分は面接を受けているのではなく、普通に仕事を頼まれているようだ。

「頼むよ、遠山ちゃん。今度メシ奢《おご》るからさ」

こ、これは……、たまたま緊急事態に遭遇してしまったのだろうか……。だけどこの人は、健一の実力もキャリアも何も知らないのに、どういうつもりで仕事を頼んでいるのだろう……。

「原稿と画像データがあるからさ、昨日のメールアドレスに送ればいいよね？」

「……はい」

「了《りょう》」

と言った男は、くるりと踵《きびす》を返して、部屋をでていってしまった。

まじか、と思いながら健一は、作業机の上にMacBookをだした。電源コードをつなぎ、システムを起動する。Ｗｉ－Ｆｉのパスコードを書いた紙が机の前に貼ってあったので、いいのかな、と思いながら入力する。

メールを確認すると、隣の部屋にいると思われる天津から、すでに届いていた。

データにアクセスできるURLに、よろしく、遠山ちゃん、という文字が添えられている。

まじでか、と声にださずにつぶやいた。

ここに来てまだ五分くらいしか経っていなかった。そもそも健一が今日MacBookを持っていなかったら、彼はどうするつもりだったんだろう……。もっと言えば自分がここに来なかったら、この仕事は誰がやったんだろう……。

いくつかの疑問をいったん脇に置いて、健一は写真や発注書などのデータに目を通した。大型スーパーで販売するクリスマスケーキのチラシ——。店頭に掲示したり、新聞の折り込み広告にしたりするものだ。

懐かしいな、と思った。アドプラにいたころ、これと似たようなチラシを何枚も作った。初めて作った「マルキタの新餃子《ぎょうざ》」のチラシは、今でも部屋に大切に保管してある。

採用のテストだと言って仕事をやらせる天津に、それはどうなんだろう、と思ったが、実際にはそんなに嫌な感じはしなかった。世間のルールや常識から逸脱しているのかもしれないが、彼は自然体で計算がないというか、悪意のなさそうな人だ。

どうせ家に帰っても、することはなかった。そして正直なところ、久しぶりのデザインワークに、健一の胸は高鳴っている。

自分は今、世界に必要とされている！

MacBookのトラックパッドに手をかけたとき、いきなり部屋の外から話しかけられた。

「遠山ちゃん、ちょっと行ってくるわ」

「はい？」

それから何ごとかを早口で説明した天津は、黒いジャケットを羽織って、部屋を飛びだしていった。がちゃん、と、玄関の扉が閉まり、健一は一人、事務所に取り残される。

「……まじでか」

今度は声にだしてつぶやいた。よく聞き取れないところもあったが、要するに、十五時からプレゼンがあるから行ってくる、とのことだ。

初対面の人間にいきなり留守番をさせるなんて、不用心すぎやしないだろうか……。というより、全体的に行き当たりばったりで、この会社は大丈夫なんだろうか……。

まだローンの支払いが残っているMacBookに、健一は目を戻した。デスクトップの中央で、鉛の飛行船が炎をあげながら浮かんでいる（レッド・ツェッペリンのレコードのジャケット写真だ）。まあいい……。そういうことは、後で考えよう……。

「You Shook Me」――とつぶやきながら、健一は昔作ったB4チラシのファイルを探した。それをベースに新規ファイルを作成し、作業を開始する。

使用するソフトウェアは、Adobe の Illustrator、通称「イラレ」だ。ペラもの（一枚もの）のデザインは自由の利くイラレを使い、ページもの（冊子もの）はページレイアウトのしやすい InDesign、通称「インデザ」を使う。

仕事をしばらくしていなくても、目と手は覚えていた。三ヶ月のブランクを埋めるように、健一はもくもくとデザインを整えていく。世間のみなさまより一足先に、クリスマス気分を味わいながら。

気付けば三時間くらい経っただろうか。

大方のレイアウトを終えたところで、喉が渇いていることに気付いた。飲み物を買いに行きたいが、留守番を頼まれている身として、部屋を空けて外にでるのはまずそうだ。

抜き足差し足のような格好で、健一は事務所内を見て回った。

事務所といっても、要は普通の居住用3LDKの間取りのようだ。だけど人の住んでいる気配がまったくないので、ここが事務所専用のスペースだとわかる。

リビングには大きなテーブルと五つの椅子があった。きっとここは打ち合わせをしたりする場所だ。あとは三つ部屋があるが、一つは健一が作業をしていた部屋で、残り二つも同じような感じの部屋だ。モノが少なく、片付いていて、全体的に白と黒とほんの少しの緑（観葉植物）で、雰囲気が統一されている。

キッチンの冷蔵庫を勝手に開けてみると、ミネラルウォーターがぎっしり詰まっていた。これは貰《もら》ってもいいやつだろう、と、一本を頂戴する。蓋を開けて喉を潤し、振り返ったときだった。

「うお！」

健一の目の前、というか目の下に猫がいたので驚いてしまった。動きを完全に停止した猫が、じっと健一を見あげている。

「……あの、すみません。おじゃましてます」

猫はしばらく微動だにしなかったが、やがて、あ、そう、という感じに、リビングから去っていった。さっき部屋を見回っていたときにはいなかったと思うけれど、彼（あるいは彼女）は一体、どこから現れたのだろう……。

「びっくりしちゃうな、まったく」

と、つぶやき、デザイン作業に戻ろうとした健一だが、部屋に入るなり、のけぞってしまった。

「うわ!」

驚きは、さっきの比ではなく、ここ一年で言えばおそらくアドプラが倒産したのに次ぐ驚きだった。いつの間にか帰ってきた天津が、さっきまで健一が座っていた椅子に腰かけて腕組みをしている。

「代理店のジャブローニは、まったくヒアリングがなってなかったよ。……あれ？君って誰だっけ？……って、うそうそ。遠山ちゃんだよね。チラシどう？」

ジャ、ジャブローニってなんだろう、と思いながら、健一はMacBookのスリープ状態を解除した。どぎまぎしながら、さっきまで作っていたチラシのデザインを、天津に見えるように差しだす。

「……えっと、……発注書を見て、商品をすべて並列に扱うより、メインを推そうかなって。……あと色味は暖色にして、ちょっとあったかい感じにしました。……これから寒くなるので。どうでしょうか？」

しどろもどろの説明だったが、天津は画面を食い入るように見つめて、うんうんと真面目に頷いた。そして大きく、息を吐いた。

「……すばらしい」

実のところ、気に入ってもらえる自信は少しあった。だけど「すばらしい」なんて言葉は、今まで一度も言われたことがなかったんじゃないかと思うほど、耳慣れなかった。

「うん、このデザインからは〝見える〟よ。デザイナーの仕事とは、ただきれいにデザインすることではなく、その商品の価値をしっかり見えるようにすることだよね？」

「……はい」

健一はうなずき人形ウナズキマルのようにうなずいた。

「クライアントのニーズは何か？　商品をどう見せたいのか？　遠山ちゃんのデザインは、杓子《しやくし》定規なこの発注書から、ちゃんと汲《く》み取っている。それだけじゃない。この商品が消費者にどんなベネフィットを与えるか？　このデザインはそれを提案している」

「……ありがとうございます」

正直、そこまで考えてデザインしたものではなかった。ただ、このほうがきれいかな、このほうがインパクトがあるかな、と、なんとなくそういうことを考えていた。テストという意味合いも考えて、健一は少し大胆に、チラシをデザインしてみたのだ。

「すばらしいよ。じゃああとは、コピーを入れて、完成だ」

「え？　コピーですか？　コピーはこれじゃないんですか？」

発注シートには『Merry Christmas 笑顔のハッピークリスマス』というコピーが書いてあった。健一はそのコピーを、そのままチラシにレイアウトしていた。

「そういうんじゃなくてさ、お客さんがチラシ見て、あーもう、このケーキ買わなきゃ損かも、みたいなコピー」

「……でも僕、コピーは書いたことなくて」

「そっか。じゃあおれが、今日中に考えとくわ。明日、そのコピー入れて出力してくれる？」

「明日、ってことは……つまり……採用していただける、ということでしょうか？」

「そうだね。採用っていうか、一緒にやる仲間、みたいな？」

「仲間？」

「うん。だって、うちは会社じゃないんだよね。だから雇用というわけにはいかなくてさ」

「え、でも事務所ですよね？　確か天津功明広告事務所……って」

「それは屋号だよ。勝手に名のってるだけで、全然会社じゃなくて、おれ自身は単なる個人事業主だから」

「……会社じゃない、……のですか」

「うん。そもそもここに引っ越してきて、事務所を名のって、まだ二ヶ月だからね。だけど、」

天津はにやり、と笑った。

「これから、デザインを含めた依頼が、多く入りそうなんだよね。一緒にやってくれる人がいたら、そういう仕事も受けられるでしょ？　もちろんギャラは山分けにするよ」

「いや、ちょっと待ってください。じゃあ僕の立場は、会社員じゃなくて、フリーランス、ってことですか」

「そうそう。仕事はおれがばんばん取ってくるからさ。おれたちいいパートナーになれそうじゃない？」

話が違う！　と思ったが、よく考えたら、もともと天津からは、なんの話も聞いていなかった。

「あー、そうか。あの募集だと、会社って思われても仕方がないかもね。あれってさ、タウン誌の仕事少し手伝ったときに、スペースが余ったっていうから、無料で募集入れてもらったんだよ。あんな誰も気付かないような小さな求人で、こんな優秀なデザイナーが来てくれて。出会いってのは、まさにアレだね。億千万の胸騒ぎだよね」

「いや……でも僕は、どこかの会社に就職したくて……」

「そっかそっか。じゃあまずは、フリーでばんばん仕事してさ、そのうち法人化も考えていこうよ。晴れて法人化したら、Ｙｏｕは〝遠山副社長〟ってことで」

「えええ？」

この人は一体、何を根拠にそんな楽観的なことを言っているのだろう。それなりに頑張っていたアドプラだって倒産したのに、健一が副社長の会社なんて、秒で倒産しそうだ。

「……あの、すみません。僕は、……ちょっと、考えさせてください」

「うん、前向きに考えてよ。あ、この仕事は、ほんとにすばらしかったからさ。このぶんのギャラは、どっちにしても支払うから」

「……ありがとうございます。……じゃあ一応、考えてみます」

「うん、待ってるよー」

その後も微妙にちぐはぐな会話を交わし、健一は礼を言って事務所をでた。

なんだったのだろうか……。

歩きながら、健一は長いため息をついた。この時間は一体なんだったのか。フリーランスなんて、自分には向いていないとわかっている。健一はどこかに所属して、安心して、暮らしたい。母親にもそう、報告したいのだ。

駅に向かう途中、たくさんの「働く人たち」とすれ違った。この人たちは、自分とは違って、みんなどこかの組織に属し、何かの仕事をしている。今まで何度も思ったことを、健一はその日も思う。

みんなどこかに所属して働いているんですよ、天津さん――。

そこまで考えて、あれ、と健一は思った。自分がそう思い込んでいるだけで、ひょっとすると、このなかにも、組織に属していない人がいるかもしれない。天津がそうだったように……。

広告事務所を名のって、あんなふうに仕事をしている人もいるのだ。

自由な働き方、という世間の潮流を、健一はその日、初めて目の当たりにしたのかもしれない。

◇

翌日の朝、3Wayのリュックに MacBook を詰め込み、健一は天津功明広告事務所に向かった。

「おはようございます」

「おお。遠山ちゃん、おはよー」

天津は健一が来て当然のような顔をしているが、健一にしてみれば一晩悩んだうえでの行動だった。どこかに就職したいという思いは変わらないから、これからも転職活動は続けるしかない。ただ、小さくてもせっかく関わった仕事を、途中で放りだすのは嫌だった。

頼まれたクリスマスケーキのチラシだけは、ちゃんとフィニッシュまで関わろう、と健一は決めた。天津はいい加減な人かもしれないが、「すばらしい」と言ってくれたとき、その目に、嘘《うそ》や打算はなかった（ような気がする）。認められることや必要とされることに、飢えていたのかもしれないけれど、あのとき健一は嬉《うれ》しかったのだ。

「それで、ケーキのコピーは、できましたか?」

「うん、できてるよ」

渡されたA4の用紙の中央に、一本のコピーが大きく印字されていた。

「コピーはこれに差し替えて、あとメインの写真も、いちばん高いケーキに差し替えちゃおう」

「あ、はい」

遠山は急いでMacBookを起動し、昨日作成したファイルを開いた。そして自分のデザインと、もらったコピーを、交互に眺めてみる。


今年は、人生でいちばん美味《お》しい《い》Xmas——。


なるほど、と思った。さりげないけれど、ワンポイント効かせてある。比べてみて初めてわかるのだが、今のデザインに添えてある、『Merry Christmas 笑顔のハッピークリスマス』というコピーは、ただの飾りだ。

人生でいちばんのクリスマスケーキ。今年のクリスマスを善《よ》き日にしてほしいというメッセージ。このコピーによって、去年よりワンランク上のケーキに手を伸ばすお客さんもいるかもしれない。

「時間があったらあと何案か考えるんだけどね。レイアウトできたら、すぐそこのプリンターで出力してね。後で先方に持っていくから」

リビングの壁に棚が付いていて、そこにプリンターが設置されていた。

「わかりました」

「おれはシャワー浴びるから」

そう言った天津は、白いTシャツに、黒い短パン姿だった。冷蔵庫からミネラルウォーターを取りだして、ごくごくと飲む彼は、まさに寝起きという感じだ。

「……天津さん、もしかして、ここに泊まったんですか？」

事務所に泊まり込むほど忙しいのだろうか……。あと、こんな何もないところでどうやって寝たのだろう……。

「ん？　泊まるも何も、ここ、おれの家だから」

「え？」

「家っていうか、自宅兼事務所」

「いや、だって、どうやって寝るんですか？」

「そりゃ、ベッドで寝るでしょ」

部屋の扉を開いた天津が見せてくれた。何もない部屋の真ん中に、昨日はなかった黒い担架のようなものが置いてある。

「このベッド、結構、寝心地いいんだよ」

人が一人ちょうど収まるサイズのそれを、天津はひょいと持ちあげ、かち、かち、と音をたてながら折りたたんだ。おそらくそれは、キャンプ用の簡易ベッドだ。

「このベッド、いくつかあるからさ、遠山ちゃんも泊まっていいよ」

天津は歌うように言い、洗面所のほうに歩いていった。

向かった先から、んなあー、と猫の鳴き声が聞こえる。

◇

健一が印刷したチラシ見本《ラフカンプ》を確認し、天津は今思いついたようなトーンで言った。

「そうだ、遠山くんも一緒に行こう」

「え？　どこへですか」

「クライアント先だよ。行こう」

後から考えれば、天津は最初からそのつもりだったのかもしれない。

今回のチラシを発注したクライアントは、スーパーマーケット「ハトリ」だ。地域密着型の大型スーパーで、健一が住むアパートの近くにも店舗がある。その本社ビルが、事務所からタクシーで十分ほどの距離にあるらしい。

タクシーのなかで、健一は緊張していた。アドプラ時代は、クライアントとの折衝は営業、もしくはディレクターが行っていた。お客さんと直接対面して、自分の作った作品を見てもらうという機会は、今までなかったのだ。

ハトリ本社に到着すると、販促担当者の女性が、二人を出迎えてくれた。

「天津くん、こんにちは」

「ああ、どうもどうも」

目を合わせた天津と女性が、にやり、という感じに笑った。

「遠山くん、こちら長谷川《はせがわ》さん。実はおれたち、同級生なんだよね」

「そう。クラスは一緒になったことないけど」

「え、そうなんですか！」

会議室に向かいながら、三人は話した。驚いたことに天津と長谷川は、同じ高校の同級生ということだ。高校生のころはほとんど話したことがなかったが、たまたま仕事で再会して以来、長谷川が天津をひいきにしてくれているらしい。

「こちらは、昨日からウチでやってくれてる遠山です。まだ名刺もなくて」

昨日からウチでなどと、なかなか勝手なことを言う天津に焦りながら、健一は足を摘《つ》ままれたバッタのようにぺこぺこお辞儀をした。長谷川は色白で切れ長の目をした、美人さんだ。

「はじめまして、遠山です」

「販促部の長谷川美鈴《みすず》です。天津くんにはいつもお世話になっています。いろいろと、ね！」

「そう。もう、ほーんと、いろいろお世話になっちゃってね。ってわけでじゃあ早速、遠山くん、よろしくね」

「はい？」

「デザインの説明をしちゃってよ」

「え、僕がですか」

天津に促されるまま、健一はリュックから印刷したばかりのラフカンプを取りだした。

「わ、きれいなデザインですね！　ご説明願います」

長谷川が無邪気に説明を求めた。健一は天津をチラ見したが、彼は笑みをたたえたモアイ像のように黙して語らない。

「……はい、えーっと、ケーキの写真はここで……、価格表示は、こちらになります」

見ればわかることを、しどろもどろに説明し始めた健一の目の前に、天津から一枚の用紙が差しだされた。その紙にはこのチラシのデザインのポイントが、簡潔にまとめられていた。

あるなら最初から見せてくれよ、と思いながら、健一はそれを読みあげていった。

デザインのポイント

ポイント①『ハイエンド商品をメインに』

年に一度の特別な日に、ちょっと贅沢《ぜいたく》した、高いケーキをおすすめしたい。キャッチフレーズも「一つ上」を感じさせるものにし、デザインのあしらいでもリッチ感を演出。

ポイント②『奥行きのあるデザインに』
商品ラインナップを並列に置くだけだとおもしろみがなく、特別感がないので、緩急をつけて打ちだすことで、立体的な紙面構成に。

ポイント③『キーカラーは暖色系』
クリスマスカラーをベースにしつつ、暖色でまとめて、全体的に暖かいイメージで統一。

なるほど、と、デザインした張本人が思った。②と③のポイントは、まさに健一が最初に考えていたことだったが、こうしてちゃんと言語化されると、説得力が増す。

「うん。とてもいいと思う。期待していた以上です」
長谷川の屈託のない笑顔に、喜びが込みあげてきた。ありがとうございます、と、静かに微笑みたいのだが、だらしない感じにニヤけてしまう。
ではこのデザインで進めましょう、と長谷川と天津の間で話がまとまりかけたとき、年配の男が、頭をぺたぺた叩《たた》きながら、会議室に入ってきた。

「お、デザインできたの？　僕にも見せてよー」

販促部の部長だという彼は、長谷川の直属の上司にあたるらしかった。ほんの一瞬、長谷川と天津が、何やら意味ありげな視線を交わした。

「はいはいはい。なかなかいいんですけどね」

部長はラフカンプを舐《な》め回すように見た。

「あー。でも、一つ問題があるかなー」

「そうですか。どのあたりでしょう」

部長に調子を合わせる感じで、天津が返事をした。

「このメインのケーキですよお」

部長がとんとん、と机の上のラフカンプを指で叩いた。

「このハイエンドのケーキより、いちばん売れるデコレーションケーキを、ずばんと大きく見せてくれなきゃ。たしか発注書にも、そう書いたと思うけどね」

決まりかけたアイデアが上司の一言でひっくり返るのは、この世界ではよくあることだ。アドプラ時代にも、クライアントの上司がさあ、などと営業やディレクターに説明され、一度決まったデザインをやり直すことが何度かあった。

「……なるほど。ではメインの写真は、ご指示のとおりにしましょうか」

ラフカンプにじっと目をやったまま、天津が言った。

「……あの」

健一は思わず声をだした。

「でも……、このコピー見てください。『今年は、人生でいちばん美味しいXmas』。僕はこのコピーを読んで……、自分も今度のクリスマスには、ちょっと奮発しようかなって思ったんです」

もともとは、発注書で推されていたケーキを、健一はデザインした。だけどそのデザインを気に入ってくれた天津の指示で、ハイエンドのケーキに写真を切り替えた。天津が作ったコピーと相まって、いいデザインになったと自負していた。

「きっと……、お客さんもきっと、いつものケーキより、ちょっと高いやつを買ってみようって、思うんじゃないかと……思って……。だからやっぱり、メインビジュアルはハイエンドの、ケーキのほうが……」

だけど健一が話せば話すほど、部長の表情がこわばっていった。余計な口を挟まなければよかった、と思いながらも、言葉は止まらなかった。

「クリスマスの特別感が……、あるというか、そのほうが多分、いい気がして……」

「わたしもそう思っちゃいました」

そのとき爽やかなトーンで、長谷川が口を挟んだ。

「部長、今年はこっちで攻めてみませんか？　仕入れの調整が必要になるのもわかるんですけど、このデザイン見たら、ハイエンド推しのプロモーションに切り替えてもいいかなって。どうでしょうか？　部長」

「んー、そう？　長谷川くんが、そう思うってこと？」

「はい。仕入れのほうも、わたしが担当に説明しておこうと思います」

「そっか。じゃあいいよ。長谷川くん、あとは任せたから」

「はい、部長」

ぺたん、と頭を叩きながら、部長はあっさり部屋をでていった。立ちあがった天津が、その後ろ姿に頭を下げた。

◇

「遠山ちゃーん、なかなかやってくれるじゃない」

帰りのタクシーのなか、最初に声を発したのは天津だった。

「すみません……」

今まではデザインにダメだしされても、そんなものか、と、指示されたとおりに直すだけだった。どうして今回に限って、あんなことを自分が言ったのか、よくわからない。

「こういうの、場合によっては、仕事切られるからね。今回は、長谷川さんのファインプレーに救われて、まあ、結果オーライだけど」

「……はい」

「あと、面接のテストは合格だよ」

「え？　テスト？」

「うん。おれたちはやっぱり、いいコンビになれそうだな、ってさっき思った」

天津は前を向いたまましゃべった。

「営業が仕事取ってきて、それをクリエイティブが形にして、ディレクターが説明して、みたいなやり方じゃなくてさ。アジャイル思考っていうの？　こうやってクリエイターが客先に直接出向いて、より良いモノを、速く、丁寧《ていねい》に作っていく。そのほうが時代に合ってると思うんだよ」

行き当たりばったりだ、と、昨日思ったけれど、それはアジャイル思考とやらの一面なのかもしれない。

「おれたちのコンビならそれができる、ってね。ハトリの部長も今回、少なくとも遠山くんの顔を覚えたよ。これでもし、今回のプロモーションがうまくいけば、また新しい案件で、おれたちに頼もうってなるかもしれない。あそこで黙ってたら、ただのイチ出入り業者のまま、何も起こらなかった」

「……でも今回は単に、長谷川さんがうまく言ってくれたから」

「そうだね。今回は、そのとおりだよ」

健一は場の空気を悪くしただけで、自分一人ではあの局面を打開できなかった。

「お客さんてね、本当はデザインの良し悪《あ》しなんて、よくわからなかったりするんだよ。だから、そのデザインにどんな価値があるのか、おれたちには説明する責任がある。お客さんに気持ち良く承認させてあげるまでが、クリエイターの仕事なんだと思う」

今日、チラシ一枚の仕事でも、天津はデザインのポイントをまとめていた。健一は彼の仕事の進め方を目の当たりにして、自分が今までいかに何も考えていなかったのかを痛感した。

「先方にどうやって説明するか、常にそれを考えながら作ると、理にかなったデザインになるよ」

「……なるほど」

先方にどうやって説明するか考えながら作る──。言われてみれば簡単なことだが、その簡単なことすら、自分はできていなかった。

アドプラ時代は、言われたことをやるだけで、青くしてと言われれば青くした。なぜ青くするのかは、上司やディレクターが考えることだと思っていた。

「この後どうする？　帰ってもいいし、少し作業してってもいいし」

「……裏面も進めたいので、作業させてください」

今日、デザインを見て喜んでくれた長谷川の顔を、健一は思いだしていた。自分のデザインが、誰かに必要とされて、とても嬉しかった。もっと必要とされるデザイナーになるには、もっと考えながら仕事をしなければならない。

健一は密かにやる気になっていた。何かを教えてもらって、なるほどと納得することなんて、久しぶりの経験かもしれない。今すぐそれを実践してみたかった。

事務所に戻ると、猫が二人を玄関で出迎えてくれた。

「そう言えば、この猫、なんて名前なんですか？」

「権蔵《ごんぞう》」

天津の呼びかけに、猫は、んなあ、と返事をした。

「権蔵」

健一の呼びかけは黙殺し、猫は天津とともに奥の部屋に向かった。健一は一人、作業部屋に入る。

何もない作業部屋でMacBookを開いた。時刻はもう十七時に近い。

チラシの裏面――。裏面はオーソドックスなレイアウトにして、見やすさや選びやすさを重視しようと、先ほどの打ち合わせで決まっていた。ハトリの部長が懸念していたスタンダードなケーキの情報は、裏面に多めに盛り込むことにする。

今度、説明する機会があったら、きちんとできるように――。

先方にどのように説明するかを考えながら作ると、好みや思いつきに偏らず、理にかなったデザインになる。やってみて確かにそのとおりだと、健一は気付いていく。三ヶ月前、自分は一体、どんなふうにデザイン作業をしていたのだろう……。それがうまく思いだせないほど、今のやり方がしっくりくる。

もしかして自分は、昨日と今日のたった二日間で、大きく成長したんじゃないだろうか……。

一息ついた健一は、表面のチラシのデザインを、もう一度眺めてみた。いい仕上がりじゃないだろうか。天津のコピーが健一のデザインを引きたて、健一のデザインが天津のコピーを支えている。

あの人、他にどんなコピーを書くのだろうか……。

この場所でそれをするのは少し憚《はばか》られたが、健一は『天津功明広告事務所』というワードで検索をかけてみた。事務所を開いてまだ二ヶ月経っていない、と天津は言っていたが、案の定、インターネットにはなんの情報もでてこない。

ただし、天津功明の名は、いくつかのサイトで見つけることができた。

日日好品『飾らないを、飾ろう』ポスター制作
デザイナー：原口崇《はらぐちたかし》（フラッグデザイン）
コピーライター：伊土新三《いどしんぞう》・天津功明（伊土コピー研究所）

業界では知らない人がいないコピーライター・伊土新三の事務所『伊土コピー研究所』の公式サイトに、その情報はあった。伊土の過去の作品が紹介された事例ページに、天津のクレジットが、いくつか入っている。

コピーライター伊土新三と、天津功明――。

シンプルな雑貨の販売を手掛ける日日好品の『飾らないを、飾ろう』というコピーは、ＴＶコマーシャルでも使われていたので、多くの人の記憶に残っている有名なフレーズだ。その作品に天津が関わっていたことが驚きだったし、天津が『伊土コピー研究所』に所属していたことも驚きだ。

あの人、伊土新三の会社でこんな大きな仕事に絡んでたんだ……。

コピーライターというのはつまり、広告のキャッチコピーや、その他の文言を書く人だ。アドプラにもコピーライターという肩書きのスタッフがいたが、彼らが書いていたものと、天津が書くものは少し違う気がした。天津のコピーは、ただ商品の説明をしているだけではなく、なんと言うか、それ単体で作品性のようなものがある。

もしかしたら健一は初めて、コピーライターという職業の人に出会ったのかもしれない。

◇

「Immigrant Song」――。

ヘッドフォンと鼓膜の間の小宇宙で、ロバート・プラントが人類最強の雄叫びをあげる。今、再びこの曲を聴く〝理由〟が、健一にはある。

「移民の歌」は、北欧の勇敢なバイキングが、新世界へと向かう歌だ。そんな大げさな話ではないのだが、健一は今日、チラシのデザインを仕上げてしまうつもりだ。そして他にも仕事があれば、喜んで引き受けよう。

彼と一緒に、もう少しだけ仕事をしてみたい。彼から仕事を学びたい――。

別に入社するわけではないから、大きな縛りがあるわけではなかった。再び転職活動の生活に戻っても、それは元に戻るだけで、何かを失うわけではない。わずか三日で、いきなりこんな前向きな考え方をしている自分に、健一は少し驚いている。

「おはようございます！」

「おー、おはよう」

挨拶をして事務所に入った健一は、さっさと一人の作業部屋に入った。

MacBookを起動し、あとは黙々と作業を進める。デザインに迷ったときには、それをどのように説明するかを考えながら。

十二時を過ぎると、ぴろろん、と音が鳴った。パスタ食べる？　という天津からのメッセージだった。いいんですか？　と返事をすると、ものの数分で、できたよ、というメッセージが届いた。

どういうことだ？　と、リビングに向かうと、炒《いた》めたニンニクのいい匂いがした。キッチンでは天津が、トングを捻るようにしてパスタをよそっている。二つの皿を運んできた天津が、無造作にそれを置いた。

「どうぞ」

「……はい」

パスタに、唐辛子に、ニンニクに、少しのベーコン。それはシンプルな見た目の、ペペロンチーノだ。いただきます、と手を合わせ、くるくるフォークに巻いたそれを口に運んだ。

……え!?

「ええ!?　なんすかこれ!?　超絶、美味しいんですけど！」

のけぞるほど美味しかったので、健一は実際にのけぞってしまった。

「そう？」

天津は、にやり、と笑った。

「どういうことですか？　だってほら、これ、めっちゃ美味《うま》いですよ」

こんなに美味しいペペロンチーノがあるなんて驚きだった。いたってシンプルな料理に見えるが、一体どんな秘密があるのだろう！

「まあ、コツといっても、塩をきっちり計量するのと、お湯をぐらぐら沸騰させないよう気を付けるくらいかな。あとはオリーブオイルとゆで汁を、きっちり乳化《にゅうか》させること」

「乳化！　まじですか！　いやーだけどこれ美味しいなあ」

健一は夢中になってそれを食べた。それにしても美味しいペペロンチーノだ。

「……健一くんって、なんだろう、……息子力があるな」

「息子力ってなんですか？　うち父親いないですよ」

「……ほう。お母さんは？」

「今、九州です。再婚したんですよ」

「へえー、そうか」

健一は最後の一束を名残惜しくフォークに巻き、口に運んだ。

「美味しいです。……それであの、チラシですけど、これ食べたら、一度見てもらっていいですか？」

「ああ、もちろん」

「よろしくお願いします。ごちそうさまです。ありがとうございました！」

ミネラルウォーターを一気飲みし、健一は立ちあがった。天津は愉快そうな表情で健一を見る。

「皿はそのままでいいよ。チラシは五分後に」

「はい、ありがとうございます！」

健一は素早く作業部屋へ戻り、ざっとチラシ全体を見直した。五分くらい経ち、MacBookを持ってリビングに向かうと、食事を終えた天津がキッチンで皿を洗っていた。

「はいはい、どれ？」

手を拭きながら、天津が画面を覗《のぞ》き込んだ。

「裏面ですけど、こんな感じでどうでしょう」

「……うん。いいと思うよ」

じっと画面を見つめていた天津が目を離したタイミングで、健一は声をだした。

「それで……あの、」

「何？」

「このチラシの仕事は、最後まで責任もってやろうと思います。それで、その他にも仕事はあるんでしょうか？」

「あるよ」

あっさり言った天津は健一のMacBookに手を伸ばし、どこかの企業のWEBサイトを表示させた。

「急ぐところでは、この医療系の会社のパンフレット。あとチラシの仕事も、二つくらい。ちょっと先になるけど、他にもいくつか仕事は取ってこれるよ」

「……それ、僕が手伝っても、いいんでしょうか」

「Yes、それはもちろん」

天津の言葉に、健一はほっとした。あと一ヶ月か二ヶ月かわからないけれど、自分はこの人から仕事を教わることができる。仕事の進め方についてや、デザインについて。伊土コピー研究所の話も、機会があれば聞いてみたい。

いつの間にか足下に猫がいて、健一を見上げていた。この猫とも、これから仲良くしなければならないな、と思う。

「よろしくね、権蔵」

だけど猫にはシカトされた。

「いやいや健ちゃん。彼、権蔵じゃなくて、ボンゾだから」

「えええ!?」

「ボ、ン、ゾ。若い人には、わからないかもしれないけど」

「まじですか!?」

驚く健一に、天津は何を驚いているのかわからない、という表情をした。

「ボンゾって、もしかして、あのボンゾですか?」

「んん? 知ってるの?」

知っているも何も、ボンゾと言えば、レッド・ツェッペリンの伝説的ドラマー、ジョン・ボーナムの愛称だ。健一は今日も、彼の雷撃的なビートに浸りながら、ここにやってきたのだ。

「いやいやいや、ボンゾを知ってる若者に、初めて会ったよ。ZEPが好きなの?」

「はい。中学生のころからずっと聴いてますよ。天津さんだって世代じゃないですよね? 天津さんって、いくつなんですか?」

聞けば天津は三十一歳ということだった。レッド・ツェッペリンは尊敬する先輩に薦められて聴くようになり、それからどハマりしたらしい。

亡くなった父の持っていたレコードがきっかけで、という話をすると、天津は神妙な顔をした。

「そっか……。じゃあ、健ちゃんは、ZEPに父親を感じていたのかもね」

「いや、それは言い過ぎですけど。少しはまあ、そういうところがあるかもしれませんね」

二人はそれからしばらく、レッド・ツェッペリンの話をした。ボンゾ、ボンゾと言っていたせいか、足下にまた猫が寄ってきたので、健一は呼びかけてみた。

「よろしくね、ボンゾ」

今度は、んなー、と鳴くボンゾを見て、ふっ、ふっ、ふっ、と天津は笑った。

「あのさ、言おうかどうか迷ってたことがあったんだけど、言うわ」

「……なんですか？」

「デザイナーと組んで、新しく、やってみたいことがあったんだよね」

天津はゆっくり、健一と目を合わせた。

「ガチで挑戦しようかな、って思ってたコンペがあるんだ。まずはプレゼンからなんだけど、これ通るとでかいよ。コピーとデザインに、撮影や印刷を含めると、千はいくかな。カタログだけでプロモーションが終わるということはないから、WEBデザインやチラシの仕事も入ってくるだろうし」

千というのはつまり、一千万円のことだろうか……。ただどちらにしても、コンペということだから、請け負えるか請け負えないかは、まだわからない。お客さんに対して、計画や企画を提案《プレゼンテーション》して、競合する相手に勝たなければならないということだ。

「……それは、何をやる案件なんですか？」

「カタログ。クライアントはKAKITA」

「KAKITA……、ってもしかして住宅会社のKAKITAですか？」

「そうだよ」

どういう因果なのかわからないが、それはかつてアドプラのメインクライアントだった会社だ。KAKITAの子会社が不祥事を起こしたのがきっかけで、アドプラは倒産した……。

「……あの、それ、デザイナーは、僕でもいいんですか？」

「もちろん。ZEPを知っているデザイナーと、知らないデザイナーだったら、おれは優秀なデザインをするほうを選ぶよ」

「……え？　どういうことです？」

「冗談だよ、冗談。でも健ちゃんには伸びしろがあるよ。むしろ伸びしろしかない」

「……あの、天津さん。さっきから、全然褒められてない気がするんですけど」

「いいんだよ。おれは信じてるから」

「……何をですか？」

「ＺＥＰの崇高《すうこう》な魂を、だ」

やはり全然褒められていなかったが、天津は真面目な顔で健一を見た。

「……わかるでしょ？」

ＺＥＰの崇高な魂……。それを信じている、というのなら、自分だって信じている。

「……わかりました。やります。やらせてください」

「ＯＫ、じゃあ一緒に頑張ろうか」

「はい」

「よろしく相棒」

だされた手をがちっと握り、二人は腕相撲スタイルの握手を交わした。

「この事務所は自由に使ってもらって構わないけど、別に雇用関係があるわけじゃないから、自宅で仕事してもいいからね」

「はい、わかりました」

「事務所に来たら、ときどきペペロンチーノを作ってあげるよ」

「まじですか！　他のメニューはあるんですか？」

「ないな。ちなみにカルボナーラは、おれたちの敵だから」

「ええ？」

よくわからないことを言う人だったが、おれたちの敵、という言い方には、ぐっときた。つまり胸にZEPの魂を灯す者にとって、チーズやミルクで作るカルボナーラなどは不要なのだ。

「じゃあ、天津さん。作業続けますね」

「うん。よろしく」

茶トラのボンゾに手を振り、健一は作業スペースに戻った。スリープ状態になったMacBookの黒い画面に映る自分の顔を、しばらく眺める。

いつまでも不安がってばかりはいられなかった。

待ってるだけでは何も起きないし、勝手に会社が倒産してしまうこともある。与えられるのを待つのではなく、自分が何かを起こさなければならない。結局のところ、自分はもっと、自分の人生の当事者になるべきなのだ。

眠り始めたばかりのMacBookを叩き起こし、健一は再び、そのチラシに向きあった。

――実はいろいろあって、フリーランスのデザイナーになったよ。仕事も生活もしっかりやるから、心配いらないよ。

その日の夜、健一は久しぶりに、母にメッセージを送った。

いい仕事ってなんだろう

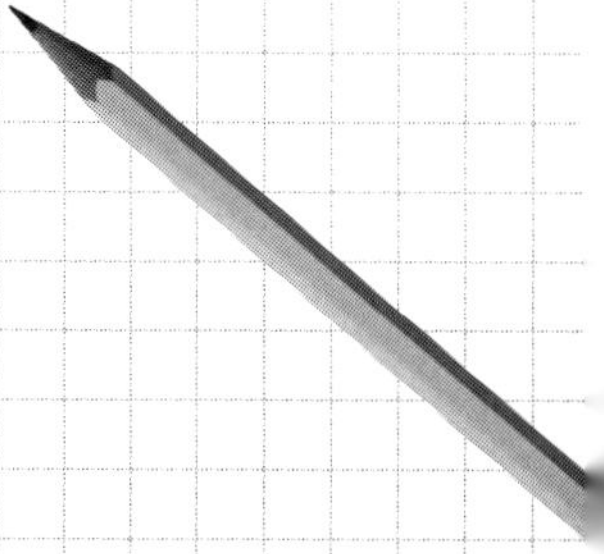

集合場所の高層ビルのエントランスには、まだ健一しか来ていなかった。

名古屋駅近くのこのビルの、半分くらいの階層をKAKITAのオフィスが占めている。あと三十分もすれば、今回のコンペの説明会《オリエンテーション》が始まる。

先方に失礼のないようにと、健一は一応、スーツを着てきた。ネクタイは一つだけ持っているブランドものを締めてきたが、自分でも似合っていると思ったことはない。

「お、遠山ちゃんって、そんなネクタイ持ってるんだ」

天津はやってくるなり、半笑いで言った。

「……変ですかね?」

「いやあー、うん。でも、似合わなさが似合ってるよ」

なかなか失礼なことを言う天津は、いつもと変わらないミニマリストな格好だ。

天津の事務所に通うようになって、一週間が過ぎていた。

一緒に仕事をしてみて驚いたのは、彼の恐るべき仕事の速さだった。瞬く間にまとまった量の文章を仕上げ、ずばずばとコピーやネームを切っていく。その迷いのなさとか、そぎ落とされた感じは、彼のミニマリストスタイルに通じるものがある。

「こんにちはー。お二方、今日はよろしくね」

やってきたのは、竹川《たけかわ》印刷のベテラン営業マンの唐沢《からさわ》だ。

三日前に初めて会った唐沢は、天津功明広告事務所によく仕事をだしてくれているらしい。スーパー「ハトリ」のチラシのデザイン仕事も、実は唐沢がふってくれたもので、正確に言うと、あれは竹川印刷の仕事ということになる。

唐沢は制作に関する準備などは、全部天津に丸投げらしい。その代わり、完成したものにあれこれ言うことはほとんどないという。

唐沢と天津の相性の良さは、なんとなく想像できた。丸投げして全部任せる唐沢と、小さな仕事でも決して手を抜かない天津には、無言の信頼関係があるのだろう。

「じゃあ、行こうか」

ビルのエントランスを抜けて、三人はエレベーターに乗った。

「どうも、伝信堂《でんしんどう》が参画してきたらしいよ」

「……そりゃまた、デカいのが来たな」

天津と唐沢が小声で話した。伝信堂というのは、日本有数の大手広告代理店だが、今回の件に何か関係があるのだろうか……。

会場に入ると、KAKITAのスタッフに案内され、用意されていた席に座った。少し離れた奥の席に、男女二人が座っている。

「健ちゃん、あれが多分、伝信堂の社員。今回うちが勝たなきゃならない相手」

「……え」

健一はまるで何もわかっていなかった。コンペで競合会社に勝たなきゃいけないことは知っていたが、相手が伝信堂とかそういう会社だとは思ってもみなかった。だって竹川印刷と伝信堂なんて、規模や売上高の差で比べたら、テントウムシとブラキオサウルスほどの差があるのに。

「……あの、他にも競合する会社はあるんですか?」

「今までの代理店は痛い目見たからね。まだしばらくは手を挙げないだろうね」

唐沢は複雑な表情をしたが、その理由は健一にもわかった。

半年ほど前、KAKITAの子会社「柿田《かきた》建材」の、マンションの耐震データ改ざん問題が発覚した。親会社のKAKITAも責任を問われ、進行中のCMをはじめとする広告やプロモーション活動のほとんどの案件がとん挫した。その煽りで代理店や印刷会社やデザインプロダクションは受注を失い、大損害を被った（アドプラも、そのうちの一社だ）。

だから今までＫＡＫＩＴＡと付き合いのあった代理店や印刷会社の多くは、今回のコンペ依頼を様子見している。ただしＫＡＫＩＴＡからすると、今回の案件は、そうした負のイメージを払拭するためのキャンペーンでもある。今までＫＡＫＩＴＡと取引のなかった伝信堂は、そこに目をつけたのだろう。

「竹川印刷さんは、どうして引き受けたんですか？」

と、健一は尋ねた。

「不正を行ったのは、あくまで子会社だからね。ＫＡＫＩＴＡ本社は悪くない……、とも言い切れないんだけど、一応はそういうことだから。あと、まあ、担当の子が、すごく頑張り屋でさ。つい、ほだされちゃってね」

頑張り屋というその担当者は、竹川印刷まで何度か足を運び、コンペへの参加を懇願した。あのＫＡＫＩＴＡが一業者に頭を下げるなんてねえ、と唐沢はつぶやく。

唐沢は今回のコンペを本気で勝ち抜こうとは思っていないのかもしれないな、と健一は感じた。健一にしても、相手が伝信堂と知れば、さすがに勝つのは難しいんじゃないかと思ってしまう。ただ天津がどう考えているのかはわからない。

「ほら、あそこで待機してる女の子。広報の水島莉子《みずしまりこ》さん。彼女が今回、頑張っている担当者だよ」

会議室の隅、そわそわした様子の彼女を見て、ん？　と健一は思った。

「コンペに参加する企業を集めろって、上から相当プレッシャーがあったらしいんだ。彼女、まだ若いのに、こんな大役任されて大変だな」

水島という名に覚えがあるような気がした。もしかしたらアドプラ時代に、会ったことがあるのかもしれない。

「うわ、このイベント激熱じゃん。運営神だわ」

スマートフォンの画面で指を滑らせる天津は、どうやら何かのゲームをしているようだ。

「テンシンくんはどこでもマイペースだね」

唐沢が嬉しそうに笑った。彼は天津のことを「テンシンくん」と呼ぶ。いかにも付き合いが古そうだが、どんな関係なのか、健一はよく知らない。

オリエンの開始時間が近づいても、大企業ＫＡＫＩＴＡのとてつもなく広い会議室はがらんとしていた。やはり参加するのは二社だけのようで、あとはＫＡＫＩＴ

Aの社員が、五、六人いるくらいだ。

「本日はお集まりいただき、ありがとうございます。あ、マイク入ってないですか？　すみません……」

KAKITAの広報担当・水島莉子の挨拶で、そのオリエンは始まった。

挨拶だけかと思ったら、そのまま水島が案件の説明もするようだ。健一は慌ててメモを取り始めたが、天津にはメモを取っている様子も、話を聞いている様子もない。

そして説明は、十分程度で終了してしまった。

「えー、以上を踏まえまして、ターゲットとコンセプトを設定していただき、新商品カタログのデザインを、提案いただければと思っております」

参加企業が少ないというのもあるかもしれないが、彼女は空気に向かって説明しているような感じだった。

「みなさま、何か質問はございませんでしょうか？」

「はい」

と、最初に手を挙げたのは意外にも天津だった。

「竹川印刷さん、ご質問をどうぞ」

「こちら、商品名は決まっていますでしょうか?」

質問をした天津は、WEB↑質問、と書いたノートを健一に渡してきた。……WEB?

「はい。商品名については検討中でございまして、コンセプトに合わせて、ネーミングも一緒にご提案いただいて構いません」

「わかりました。ありがとうございます」

質問を終えた天津が、健一を肘でつついた。どうやらWEBについて何か質問をしろ、ということらしい。

「あ、では、私からも……」

「はいどうぞ」

「……WEBのプロモーションは、検討されていますか?」

「はい。WEBについては、カタログが仕上がり次第、その素材を用いてランディングページの制作を検討しています。ランディングページについても、カタログ制作のご依頼会社様にお願いするつもりでおります」

「わかりました。ありがとうございます」

健一の質問が終わると、会場がいきなり静かになった。

「他に、何か質疑はございませんでしょうか。……伝信堂さんは、何かございませんか？」

「弊社からは特にございません」

高そうなスーツを着た伝信堂の男が答えた。伝信堂からの参加者は、ディレクターっぽいこの男と、その部下と思われる女性の二人だけだ。

「それでは、質問が出尽くしたようですので、これにて本日のオリエンテーションを終了いたします。まずはお手数ですが、コンペ参加のご意志を、今月二十五日までに郵送でお送りください。お忙しいなか、ありがとうございました」

伝信堂の二人が立ちあがると、五、六人いたＫＡＫＩＴＡの社員がその周りに群がった。その集団が会議室をでていくと、健一たちだけが取り残された格好になった。

「……なるほど。こういう感じね」

天津がぼそりとつぶやいた。机の上の資料やノートをリュックにしまった健一は、手応えのない気分のまま顔をあげる。

「あのー」

と言いながら近付いてきたのは、水島だった。

「遠山さん。お名刺を拝見しまして気付きました。アドプラの遠山さんですか？」

健一の顔を覗き込んだ水島が、大きな声で言った。

「ああ、はい……。ご無沙汰しております」

曖昧な記憶だったが、言われれば確かに思いだせた。

あれはアドプラに入社して、一ヶ月か二ヶ月のころだ。ＫＡＫＩＴＡのパンフレットの撮影アシスタントとして、先輩デザイナーにくっついてここに来て、その際に水島と名刺交換をした。ただ特に何かを話したわけでもなく、覚えられているとは思わなかった。

「遠山さん、あの……、その節は、どうも申し訳ありませんでした」

「はい？」

「あの……、アドプラさんは、もう……」

「はい、倒産しまして……」

「本当に、なんて言ったら……」

「いえいえ、僕は全然……、大丈夫ですので」

冴《さ》えない再会の挨拶を交わす二人を、天津と唐沢が不思議そうな表情で見守っていた。

◇

「テンシンくん、何かいい案ある？」

高層ビルのエントランスを抜けたところで、唐沢が訊《き》いた。

「まーったく、ありませんー」

天津は重力から解放されたように、軽やかな口調で言った。

「とか言っても、ちゃんと捻りだしてくるんだよね、テンシンくんは」

だけど天津は何も答えなかった。

「それより驚いたよ。健一くんって、KAKITAの仕事やってたんだね」

「はい。やってたといっても、先輩のサポートで、撮影に一度か二度、立ち会ったくらいで……」

「前の会社、アドプラって言ったっけ？　それが倒産したってのは、やっぱり例の件で？」

「それが大きいと思います。アドプラはKAKITAの仕事が多かったので」

「そっか。大変だったね」

「……はい」

名古屋駅に近付くにつれ、行き交う人の数が増えてきた。

「ってことはさ、」

前を向いた天津は、ポケットに手を突っ込んだまま歩く。

「遠山ちゃんだけなんだよ」

「何がですか？」

「かつてKAKITAと仕事していた人間は、みんなどこかに去っていったんだ。遠山ちゃん以外はね」

天津は風に向かって話すように言った。

「そんな遠山ちゃんが頑張ってさ、今回の仕事を取れたら、痛快だよな」

「そんな……」

午後の緩い陽射しのなか、健一はブラキオサウルスとテントウムシのことを思った。

「あの……、僕はこの業界のことを、まだあまり知らなくて……、単純な疑問なんですけど」

「何？」

「伝信堂と競って、僕らが勝つなんてことが、あり得るんですか？」

「普通にあるよ」

天津は即答した。

「ただし、すごく稀《まれ》だけどね」

普通にあるけどすごく稀——。

というのはつまり、絶対ないとは言い切れない、というくらいのニュアンスなのだろうか……。

「こっちのプレゼン内容が少しいい程度だったら、言っても伝信堂のほうが安心だから、向こうに軍配があがっちゃうよ。だけどこっちのほうが、めちゃめちゃよければ、話は別だよ」

「……そうですか」

健一は天津と肩を並べて歩いた。

もともと勝つとか負けるとかではなくて、自分は全力でやろうと思っている。負けても別に、失うものはないのだ。手間や情熱を惜しまず、この仕事に邁進《まいしん》しよう、と健一はもう決めている。

「〝アドプラ最後の戦い〟だよ」

と、天津が言った。

「テンシンくん、何それ？」

笑いながら訊いた唐沢に天津は何も答えなかったが、健一にはわかってしまった。

「アキレス最後の戦い《Achilles Last Stand》」——。それはレッド・ツェッペリンの、複雑かつ劇的な展開を含んだ、十分を超える大曲だ。

「精一杯、頑張りたいです」

自分でもよくわからない気持ちだったが、健一はそのとき、過去を取り戻したいと思っていたのかもしれない。散り散りになったアドプラの社長や元同僚に、自分は頑張っています、と伝えたい気持ちになっていたのかもしれない。

「ほら、あそこだよ」

と、唐沢が前方の喫茶店を指さした。駅前を通りすぎた先のパーキングに車が停めてあるから、その近くで作戦会議しよう、と提案したのは唐沢だ。

「……あ」

その喫茶店を目の前にしたとき、かちん、と健一の記憶の歯車が噛《か》みあった。店内に入ると、ますます鮮明に記憶がよみがえってくる。

「どうかした？　健ちゃん」

「いや、なんでもないです」

言うほどのことでもないな、と思って言わなかったが、ここは水島と初めて会ったときに、立ち寄った喫茶店だ。ＫＡＫＩＴＡの周囲の風景写真を撮るため、健一たちはこの辺りをロケハンした。一息ついたときに、水島の行きつけだというこの店に入った。水島は自分より二つ年上だとか、そんな話をした記憶もよみがえってくる。

「コーヒーでいいかな?」

「はい」

そのとき座ったのも、今三人がついた、まさにこの席の辺りだった気がする。

「だけどあれだよ。敵は手強いけど、先方の担当者が健一くんの知り合いってのは、うちとしてはアドバンテージかもねえ。あの子、熱心でいい子だし」

頼んだコーヒーが三つ並べられると、その水島の話が始まった。

「いや、熱心でいい子なのはわかるけど、アドバンテージってのはどうかな」

天津は健一のほうを、ちら、と見やった。

「彼女はオリエンシートを、ただ読んでいるだけだったでしょ?」

「……はい、確かに」

「その間、彼女の上司は、伝信堂の二人と、なんか目配せしたりしてたよ」

健一が必死にオリエンの内容をメモっていた最中、天津はそのあたりを探っていたようだ。

「決裁権があるのは、水島さんじゃなくて、彼らなんだろうしね」

水島はオリエンを仕切っていた割には、どこか蚊帳《かや》の外という感じがした。オリエンが終了したときに、ＫＡＫＩＴＡと伝信堂の人間は連れだって会議室をでていった。ぽつん、と残されたのは、自分たちと水島だけだったのだ。

「伝信堂は、質問すらしなかったねえ」

のんびりした口調で言う唐沢だったが、顔は笑っていなかった。天津も難しい顔をしてコーヒーを啜《すす》っている。

三人は気勢のあがらない時間を過ごした。作戦会議とは言いつつ、これから挑むプレゼンの内容には話が至らず、三十分ほどの時間が過ぎていく。

「遠山ちゃんさ、今日はもう、あがっちゃっていいよ」

この後、天津と唐沢はハトリで打ち合わせがあるため、車で一緒に移動するらしい。

「はい。じゃあ僕は、ちょっとここで仕事していってもいいですか？」

「そう？　じゃあ支払い頼むわ。明日、領収書持ってきてよ」

「わかりました」

午後三時半を過ぎたあたりだった。なんとなくまだ働き足りない気分だったので、健一はここに居残って作業するつもりでいた。

「あ、じゃあさ、」

立ちあがった天津が、急に思いだしたように言った。

「打ち合わせの後、長谷川さんと飲みに行くから、よかったら合流しなよ。長谷川さん、遠山ちゃんと飲みたがってたし。あと歓迎会？　入社したわけじゃないし、歓迎会ってのも変だけど」

「あ、はい。ぜひ」

飲みに誘われるのなんて久しぶりで、ちょっと嬉しかった。

「じゃ、場所は後で連絡するから」

そう言い残して去っていく天津と唐沢を見送り、健一はMacBookの電源を入れた。

コンペに勝てるのか、と考えれば不安になるが、今は健一があれこれ考えてもしょうがない。自分に不安がるクセがあることを、失業してからの三ヶ月と、天津との一週間あまりで自覚するようになった。

不安は不安の連鎖を生むだけで、運命を好転させはしない。何より大切なのは、意志と勇気と歌心だ。

「You Shook Me」——。

起動した画面に浮かぶ鉛の飛行船《Led Zeppelin》は、決して落ちはしない。アンタレスが燃えつきる前に、自分は忘れものを取り戻す旅にでよう。

資料やメモを見ながら、健一はその日のオリエンの内容をまとめていった。


ＫＡＫＩＴＡの提案する新しい住宅「平屋の家（仮称）」カタログ制作

【背景】

ライフスタイルの多様化、少子高齢化など、従来の「二階建てマイホーム」では消費者の真の需要に応えられない時代になっている。持ち家とは何か、をあらためて問い直す必要があると仮定し、新たな住宅コンセプトを発信する。

【市場】

まだまだ少ないものの、平屋の家が年々増え始めている。着工数の十%が平屋住宅。

【商品特性】

KAKITA初の平屋住宅ブランド。階段がない＝高齢者にとって優しい。シンプルでコンパクトな間取り。ローコスト。庭への円滑なアプローチ。バリアフリー。天井が高く開放的な空間。高耐震性能。冷暖房効率UP。etc。

【その他】

来年X月にプロモーション開始。カタログ部数、予算、詳細なスケジュールは、追って連絡。


平屋住宅を新たに提案する、というコンセプトは、健一にとって新鮮なものだった。

考えてみれば、健一の実家やその近所の家も、ほとんどが二階建て住宅だ。そのことに疑問を持ったことはなかったが、実際はどうなんだろうか……。それが普通だとみんな思っているが、そもそもどうして二階建てがスタンダードなのだろう。なぜ二階建てなのかと問われれば、明確には答えられなかった。平屋だと家族が増えたとき狭いんじゃないだろうか、とは思う。だけど土地がある程度広い場合だったら、わざわざ二階建てにする必要はないんじゃないだろうか。

喫茶店のフリーＷｉ－Ｆｉにつなぎ、インターネットで「平屋　家族」を検索してみると、いろんなキーワードがでてきた。

家族がつながる——。秘密基地感覚——。フラットで安全な暮らし——。安全で安価——。夫婦を楽しむ——。平屋ならではの利点を活かした豊かな暮らし——。土地持ちの客が多い地方では、すでに平屋の規格住宅を販売しているメーカーも多いようだ。それぞれいろんな切り口で、平屋住宅をプロモーションしている。

平屋住宅のメリットには、なるほど、と思うことも多かった。

・間取りや、天井の高さなど、家づくりの自由度が高い。
・スキップフロア（中二階）など、個性的なデザイン。
・一続きのフロアで、いつでも家族を感じていられる。生活動線がスムース。

・外と中の距離が近く、自然を間近に感じられる。
・安定感のある構造で、台風や地震に強い。長く安心して暮らせる。
・大掛かりな足場工事の必要がなく、建築費用や修繕費用が安い。

調べものをしているだけで、気付けば一時間以上が経っていた。

「あのー」

という声に顔をあげると、目の前に女性が立っていた。

「おじゃましてすみません。先ほどは、お世話になりました」

「……いや、そんなことは全然」

お辞儀をする水島に、健一は目をしばたたかせた。顔をあげた彼女は、何かを言いたそうにしていたが、何も言わない。

「あの、お一人ですか？　よかったらご一緒しますか？」

「はい。おじゃまじゃないですか？」

いえいえ全然、と言いながら健一はMacBookを閉じた。時刻を確認すると、十七時を過ぎたあたりだ。

ありがとうございます、と言った水島が、天津の座っていた席に腰を下ろした。

「今って、仕事終わりですか？」

「はい。ずっと残業続きだったので、今日は定時にあがりました」

「ずっと残業ってのは、オリエンの準備をされてたからですか？」

「そうなんです。でも、ようやくそれも、無事に終わったので」

「いやー、でもまだ、これからじゃないですか、コンペは」

あはは、と健一が笑うと、水島は少し目を伏せるようにした。ちょうどそのときやってきた店員に、彼女はコーヒーを頼み、健一もお代わりを頼んだ。

「さっき思いだしたんですよね。この店、水島さんが、行きつけって言ってたなって」

と、健一は言った。その声は自分で意図したよりも、ずいぶん弾んでいた。

「ああ！　そんなこと言ってましたか。ここって会社から見て駅の反対側だから、同僚と会うこともないし、一人で寄りやすいんですよね。よく一人で、反省会とか祝勝会とかしてます」

「へえー、今日はどっちなんですか？」

「今日は……、慰労会……ですかね」

水島は首を捻りながら言った。

スーツ姿の水島は、小柄で幼い顔立ちなのも相まって若く見えるが、入社して三、四年は経っているのだろう。唐沢が頑張り屋だと評していたが、気苦労の多い感じなのかもしれない。

「この店は……、そうですね、確かにあのとき撮影の合間に来ましたね。アドプラさんの撮影はすごくクオリティが高かったし、ロケハンとかもしっかりしてくれて……。ディレクターの相田《あいだ》さんはお元気ですか？」

「相田さんは、倒産前に転職したんですけど、反りが合わずにすぐに辞めたとかで……。それ以来、音信不通ですが」

「ああ、そうですか……。なんだか、本当に申し訳ないです」

「いえ、もう、そのことは大丈夫ですし、水島さんに責任はないですから。僕もこうして、デザイナーとして復帰できていますし」

「はい。あっ、遠山さん、そのネクタイ似合ってますね」

「ええ!?」

水島の話題の切り替え方にも驚いたし、その内容にも驚いた。

「似合ってないでしょう？　自分でも、なんか違和感があるし」

「そんなことないですよ。色と柄がすごく素敵です」

色と柄が素敵と言うが、色と柄はネクタイのすべてだ。お世辞を言っているようにも見えないから、健一と水島の美的感覚のうち、どちらかが間違っているのだろう。

「……だけど、天津さんは、似合わなさが似合ってるって、言ってて」

「あ、そうです。まさにそれです。似合わなさが似合ってます」

「まじですか！」

それはかなりの悪口のように思えるのだが、水島は朗らかに続けた。

「天津さんって、オリエンで質問してくれた方ですよね？」

「はい。天津功明というコピーライターで、『伊土コピー研究所』の出身みたいです。今、一緒に仕事させてもらってるんです」

「へえー。……伊土さんのコピー、わたし、好きです」

水島が微笑むのと同時に、コーヒーが二つテーブルに届いた。微笑みをたたえたまま、彼女はコーヒーカップを口元に運んだ。

「そうか……。似合わなさが似合ってる、ってのも何かのコピーっぽいっていうあつ、熱っ！」

カップから顔を背けた水島が、ぷるぷると震えた。その体勢のまま、カップをかちゃかちゃとソーサーに置いた。

「熱い！」

もう一回言うんだ、と思いながら、健一は笑いをこらえた。

「水島さんって、おっちょこちょいなんですね」

「全然違います。普通の、ただちょっと猫舌ってだけです」

「猫舌女子ですか」

健一は自分のコーヒーを少し飲んでみた。熱いことは熱いが、それほどでもなかった。

「じゃあ、水島さん。今度は、舌より先に、歯にカップが当たるように飲んでみてくださいよ」

「歯ですか？」

水島は首を捻りながら、コーヒーカップを口に運んだ。上の歯にカップを当て、ん、違うか、と言って下の歯に当てる。宙に泳ぐ目線がちょっと面白かった。

「あれ、確かに、そんなに熱くないです」

「でしょ？」

「あー、全然熱くない。あれ？　全然熱くないです！」

よほど熱くないことが嬉しいのか、水島は何度もカップを傾けた。でもときどき失敗して「熱！」と声をあげた。

「すごいです、遠山さん。わたし、これで猫舌卒業したかも。熱っ！」

健一より二つ年上の、小柄で可愛らしい女性だった。人懐っこくて、仕事熱心で、こういう店でたびたび一人の時間を持つ、かなり猫舌な女の子。無邪気な笑顔が可愛いけど、ときどき大人びた表情も見せる。

健一は割とちょろいほうなので、彼女のことをもうちょっと、可愛いな、と思っていた。

◇

さくり、と秋の落ち葉を踏む音が聞こえた。

健一と水島は言葉少なく、繁華街外れの細い路地を歩いた。奥に進むほど、辺りの雰囲気に、妖《あや》しさが増していく。

「……もう少し、先だと思うんですけど」

「はい……」

まだ十八時前だったが、晩秋の空はすっかり暗かった。ぽつぽつと続く飲み屋の立て看板の色は濃く、店名以外の情報がない。一体どうしてこんなところで、と思うのだが、天津に指定されたのだからしょうがない。

さきほどの喫茶店で、この後飲みに行く、と水島に言ったら、とても羨ましがられた。水島は今日、今年一番か二番目くらいに、飲みたい気分なんだそうだ。天津や唐沢が一緒という話をしたら、さらに羨ましがられた。ちょうどそのとき天津から、時間や場所の連絡が来た。

「じゃあ、一緒に行きますか？」

「いいんですか？　一緒に行きたいです！　でもいいんですか？　行きたいです！」

二回言う水島に笑いながら、一緒に参加していいか、と天津に確認すると、もちろん、と返ってきた。

天津に指定されたのは、『ふくろう』という店だ。光る看板ばかりを探していたから、見逃すところだった。

「あれ？　ここかな」

店の前の看板には、確かに『ふくろう』と書いてあった。だけど店には灯りがついておらず、おそるおそる手を伸ばしてみた扉にも、鍵がかかっている。

「……開店前、ですかね」

「ここで合ってると思うんですけど」

天津に連絡しようとスマートフォンを取りだしたとき、歩いてきたのと反対方向に、天津たちの姿が見えた。

「はじめましてー、水島さーん」

「はじめまして。水島です」

「水島さん、どうもどうも」

「オリエン、お疲れさまです、水島さん」

「参加していただき、ありがとうございます。お疲れさまでした」

健一を飛ばしたばらばらな挨拶が、一斉に始まった。初対面同士の長谷川と水島は、名刺交換までしている。

「……あの、天津さん」

と、健一は小声で言った。

「ん？　どうした」

「この店、まだ開いてないんですよ。どうしますか？」

「ああ、そっかそっか。それは困ったなー」

天津はなぜだか愉快そうに言った。

「長谷川さーん、店が開いてないって」

「はいはい、ちょっと待ってね」

ハトリの広報で、天津の同級生の長谷川が、健一たちを割って前にでた。肩にぶらさげた大きなバッグから鍵を取りだし、鍵穴に差し込む。

「みなさん、どうぞー」

扉を開けた長谷川が灯りを点けると、天津と唐沢はずかずかと店に入っていった。一体どういうことなんだ、と訝《いぶか》りながら、健一もそれに続く。

長谷川は店内の灯りを点けて回った。六、七つのカウンター席があって、ボックス席が三つほどある。おそらくスナックとかクラブとか、そういう類の店だと思うのだが、健一にはよくわからない。

「ビールでいい？」

と訊いた長谷川がカウンターに向かい、「いいよー」と答えた天津と唐沢がいちばん奥のボックス席に向かった。ふかふかしたその席に健一は座ったが、これがどういう状況なのかよくわからない。

「長谷川さんは、週に何度か、ここの店を手伝っているんですよ」

健一と水島に向かって、唐沢が言った。

「驚いちゃうよな。おれも最近知ったんだけど」

と、天津は言った。健一は、ははあ、と間抜けに驚くばかりだ。

「僕はちょっと手伝ってくるかな」

唐沢はそう言い残し、カウンターのほうに向かった。健一と水島も立ちあがったのだが、まあまあ今日は二人ともお客さんだから、と天津に止められた。

「で、お二人はどうしたの？　本当に偶然会ったの？」

「普通に偶然ですよ、天津さん」

「そうなの？　なんか怪しいなあー」

「全然、怪しくないですよ。僕も驚いちゃって」

「わたしも驚きました。あの店、わたし三日に一度は行ってるんです」

「へえ、そうなんですね。成功者ってのは、偶然を力に変えるらしいよ、遠山ちゃん」

「どういうことですか？」

などと話していたら、唐沢がおしぼりを運んできた。さらに一往復した彼は、テーブルに生ビールを五つ並べる。裏口でもあるのか、そのときいきなり、スーパーのレジ袋を両手に持った女性が現れた。

「すずちゃん、ありがとうー。あら、お客さんいっぱい、いらっしゃいませー」

店主と思われるその人は、健一たちに気さくな笑顔を向けると、カウンターに入っていった。しばらくして柿ピーを持った長谷川が顔をだした。

それが店主の性格なのか、ざっくばらんなお店のようだ。水島の隣に座った長谷川が、いきなりジョッキを掲げた。

「今日はわたしもお客だから。じゃあみなさん、いろんな偶然を、必然に変えましょうね。かんぱーい」

格好いいことを言うなあ、と思いながら、健一は偶然会った水島とジョッキを合わせ、偶然一緒にタッグを組むことになった天津とジョッキを合わせた。天津と長谷川も偶然再会したのだと、この前言っていた。一緒に仕事をして、何かうまいことといって、あの偶然は必然だったんだな、なんて思える日が来たら、とても素敵なことだ。

五人はぐびぐび、とビールを飲んで、美味いねえ、とにこにこした。

「長谷川さんって自由なんだよね。昼は広報で、夜はナイトワーク」

「へえー」

「高校生のときも自由でさ。女子で停学くらったのって、長谷川さんだけなんじゃないの？」

「ちょっと、天津くん！　それを言ったら全面戦争じゃない？　天津くんなんかね、高校生のとき、はりきって高校生クイズにでようとして」

「いやいやいや！　それはやめましょう。それはやめましょうよ、長谷川さん」

いきなり騒ぎ始めた二人に、水島と唐沢が大笑いしている。天津と長谷川は高校生のときはほとんど話したことがないらしく、今でも、さん、と、くん、で呼び合う。それでも共通の懐かしい話題があって、ものすごく仲がよさそうに見える。

「これ食べてねー」

「あ、ママ、ありがとうー」

ママと呼ばれる店主が、枝豆や、たこ焼きや、ママ特製のママおでんをだしてくれた。お腹が空いた人には、ママ特製のママカレーもだしてくれるらしい。

五人はそれぞれがなんとなく自己紹介のようなことをした。健一の自己紹介は冴えなく、天津のそれは謎めいている。バイタリティ溢れる長谷川には驚かされっぱなしで、唐沢や水島のそれは、実直で、堅実で、ユーモラスだ。

ビールのお代わりが進み、それぞれハイボールやウーロンハイに切り替えていた。

気付けば常連客らしい何人かが、カウンターに集まり、店は賑わい始めている。

「じゃあ、僕はそろそろ、行かなきゃなので」

別の会に顔をだすという唐沢が、名残惜しそうに立ち上がった。

じゃあねー、またねー、ありがとうございましたー、などとみんなで送りだし、四人はまたグラスを傾ける。

「世の中の部長っていうのはですね、なんで全員アレなんですかね？」

水島が偏見に満ちた部長あるあるを繰りだすと、すぐさま長谷川が呼応した。

「マジそれ。うちの販促部長も営業部長も人事部長も、みーんなそれだもん」

水島と長谷川は意気投合したようで、互いの上司の悪口で大いに盛りあがっている。

「……なあ、遠山ちゃん」

と天津が、健一の耳元に口を寄せて言った。

「おれたち、これでいいのかな？」

「何がですか？」

「女性陣がくっついちゃってるけど」

「ああ、全然いいじゃないですか」

健一は実のところ、天津と話したいことがたくさんあった。天津は自分から過去のことを語らないけど、いろいろ教えてほしかった。天津功明と伊土新三とはどういう関係だったのか。今自分が関わっているよりも、もっと大きな仕事の話も聞かせてほしい。きっと学べることが、たくさんあるはずだ。

あの、天津さんは――、と言いかけたとき、言葉が重なった。

「遠山ちゃん、景気づけに唄でも歌ってよ」

「え？　あ、カラオケですか……」

「聴きたい！　遠山さんの唄、聴いてみたい！」

酔っぱらって横になっていた水島がむくりと体を起こした。

「じゃあ、曲決まったら教えて。入力するから」

立ちあがった長谷川がカウンターから大きなカラオケのリモコンを持ってきて、テーブルの上に置いた。

「はい……じゃあ」

あまりレパートリーがない遠山だったが、たまに歌う好きな曲を長谷川に伝えた。

バラード調のイントロが始まると、画面にタイトルが現れた。

大きな玉ねぎの下で（爆風《ばくふう》スランプ）

「おお、渋いじゃん」

と、天津が言った。

「わたし、知らないかも」

と、水島が言った。

「わたしも知らない」

「大きな栗《くり》の木の下、じゃないんだね」

「ねえ、玉ねぎってなんなの？」

女性二人は、画面に流れる歌詞を追いながら、下手くそな健一の歌を聴いていた。

「武道館《ぶどうかん》の屋根の上についている金色のやつ。あれ、玉ねぎに見えるでしょ？」

この曲を知っているらしい天津が説明した。物語調のこの曲はつまり、ペンフレンドの二人の恋の歌だ。

文通を重ね、恋に落ちた僕と君。君に会いたくなった僕は、二人の好きなアーティストの武道館コンサートのチケットを送る。武道館で会おう。二人、初めて会おう。だけどコンサートが始まっても、君は来なくて、隣の席は空いたままだった。アンコールの拍手のなか、僕は武道館を飛びだす。千鳥ケ淵《ちどりがふち》で振り向けば、武道館の上の玉ねぎが光っていた——。

歌い終わった健一は、少し照れながらマイクを置いた。天津と長谷川が、おおー、と声をだしながら拍手する。てへへ、と思いながら振り向けば、水島が泣いていたので、驚いてしまった。

「……なんなんですか。……なんなんですか、玉ねぎって」

酔っ払いすぎだろう、と思ったが、その夜を振り返ってみれば、水島は最初から誰よりもハイペースで飲んでいた。

「切なすぎです。どうしてですか？　玉ねぎ、切なすぎますよ」

えーん、とか、うわーん、とかそんな感じに泣く水島の背中を、長谷川が優しくさすった。

「切ない歌だけど、これは何かあるな……。ペンフレンドが来なかったってのは、何かあるだろ」

天津は首を捻りながら言った。

「どういうことですか？」

「文通の相手は、実は女の子じゃなかったとか？　実は五十歳のおばさんだったとか？」

「ええ!?　そうなんですか？」

「ちょっと！　天津くん、そんなこと言わないの！」

「いいんです。わたしはそれでもいいんです」

水島は意味不明のことをつぶやいた。

「きっと……この相手は言えなかったんです。本当は武道館に行きたかった。でも行けない理由があって……。それを相手に言いたいんだけど、どうしても言えなかったんです……」

水島は、その後も、ずっとめそめそ泣いていた。

「……彼女って、何かつらい恋愛をしているのかな？」

健一の耳元で囁《ささや》く天津に、さあ、と返した。

「それとも仕事の悩みかな？」

健一はまた、さあ、と首を捻った。そうかもしれないし、そうではなくて単なる泣き上戸なのかもしれない。水島のことは長谷川が世話をしているし、この場で健一にできることはない。

天津はどうなんだろう、とママカレーを食べながら急に思った。

つらい恋愛を経験したことはあるのだろうか……。仕事で泣くほど悩むことはあるのだろうか……。

ママカレーを食べ終え、天津と健一はお茶を飲んだ。気付けば入店してから三時間を過ぎていて、今日のところはお開きにしようか、となった。

「……すみません。なんかすみません。今日はありがとうございました……あの、」

別れ際、水島が天津と遠山に向かって言った。

「わたし……、みなさんと、一緒に仕事したいです」

また顔を手で覆った水島の頭を、長谷川がぽんぽんと撫《な》でるように叩いた。

そんなことをコンペを主催する側が言っていいのか、と思ったが、健一は嬉しかった。ずっと会社でデザインだけをしていた健一には、こうやってお客さんと直接触れ合って仕事をするのが、新しくて、嬉しかったのだ。

「頑張りましょうね、天津さん」

「……ん、ああ」

健一の言葉に、天津は曖昧に頷いた。

◇

会社が倒産したときもそうだったが、たった一日で運命が大きく反転してしまうことがある、と健一は知っている。

出勤時間は決まっているわけではないが、今朝も十時に家をでた。ラッシュアワーを過ぎた地下鉄の空席に腰かけ、〝本格的なスタート〟を理由に、ZEPの「カシミール」を選曲する。やがてロバート・プラントのハイトーンなボーカルが、眠気を吹き飛ばしてくれる。

家からだいたい三十分くらいで、天津の事務所に到着した。いつもはすぐに作業部屋に向かうが、その日は竹川印刷の唐沢が、リビングの椅子に座っていた。

「おはようございます。唐沢さん、早いですね」

「おはよう。あのさ、遠山くんごめんね」

「はい？　なんですか」

会うなり謝った唐沢は、深刻な表情をしている。

「ＫＡＫＩＴＡのコンペなんだけど……、竹川印刷は降りることになったんだ」

「え!?」

「上からお達しがあってね」

唐沢は目を伏せながら言った。

「おそらく上が、伝信堂さんにやんわり伝えられて、忖度《そんたく》しているんだと思う。うちは伝信堂の印刷物も結構扱っているからね。一応、抵抗はしてみたんだけど、こればかりはなんともならなくて……」

「……そんな、いきなり」

と言ったきり、二の句を継げない健一に、天津が諭すように言った。

「……KAKITAのこのプロジェクトチームは、つまり伝信堂と結託してるんだよ。今後のこともあるから、一応はコンペというフェアな形を装うけど、結局は最初から、伝信堂に仕事をだすつもりなんじゃないかな」

天津の声は、健一を慰めているようでもあったし、冷たく言い放っているようでもあった。

「コンペには、伝信堂以外の会社が、一社でも参加の意志を見せれば、中立性が保てるから。オリエンに顔をだした時点で、竹川印刷の役目は終わったんだ」

自分たちの役目は、もう終わった……。

昨日、オリエンに参加して、飲み会をしたばかりだった。頑張ろうと、健一は思ったし、みんなも同じだと思っていた。今日は資料をまとめて、アイデアだしをしようと思っていたのに……。

「あの、コンペにでるのが、どうしてだめなんですか？　僕らを落とせば済むことじゃないですか」

「まあ、そうだけどね。逆に言えば、どうせ落ちるコンペなんだから、我々にご足労かけないように、っていう親切とも取れるよ」

天津は他人ごとのように言った。

「だけど、昨日の今日でそんな……」

「遠山ちゃん、あんまり唐沢さんを困らせても、仕方がないでしょ」

「いや、本当、申し訳ないね」

唐沢は頭を掻《か》きながら、力なく言った。

「プレ参加意志の締切は、もう少し先だから、それまでにもう一回、上にかけあってみるよ。でも、あまり期待しないでね」

立ちあがった唐沢は、それじゃあ、と言って事務所をでていった。玄関のほうでボンゾが、んなあ、と鳴く。

「……唐沢さんはさ、遠山ちゃんに直接伝えて謝りたいからって、わざわざここで待っててくれたんだよ。別に唐沢さんが悪いわけじゃないのに」

「はい。それは……わかってますけど」

唐沢が健一のことを気遣ってくれているのもわかるし、会社の都合というもののもわかる。だけどこんな形で諦めなきゃならないなんて、健一にはまだ納得ができない。

もともと伝信堂にコンペで勝つなんて、難しいだろうと思っていた。だけどテントウムシがどこまで戦えるのか試してみたかった。天津となら内容では負けないプレゼンができる気がしていた。

「あの、天津さん。竹川印刷がだめだったら、天津功明広告事務所として、参加できませんか？」

天津個人として参加するのだったら、きっと伝信堂ともKAKITAともしがらみがないし、いいんじゃないだろうか。竹川印刷よりさらに小さな規模になるが、相手の巨大さを考えれば誤差のようなものだ。

「いや、それは無理だ」

「どうしてですか？」

「KAKITAは社内規定で、法人相手としか取引できないんだ。だから、個人の事務所にはそもそも参加資格がないんだよ」

「……じゃあもう、どうしようもないってことですか？」

ガチで挑戦したいコンペがある、と天津は言っていたけど、もうすべて諦めてしまったのだろうか……。

黙ったまま立ちあがった天津が、ぱかり、と冷蔵庫を開けて、ミネラルウォーターを取りだした。

「まあ、飲みなよ」

健一は渡されたボトルのキャップを回した。握る力が入りすぎていたのか、開いた瞬間、手に水をこぼしてしまう。

「……あの、」

と健一は言った。

「……こういうことって、よくあるんでしょうか？」

「なくはない、かな。……仕事だからね」

仕事だから不条理なこともある——。こういうこともあると思って、諦めるしかない——。だけど自分が天津から学びたいのは、そんなことではなかった。

「……水島さんも、僕らと仕事がしたいって、言ってくれてたし」

昨日の別れ際、水島はそう言って泣いていた。だからやっぱり、他に何か方法があるならば……、と考え、同時に、そのときの彼女の複雑な表情を思いだしていく。

「……あの、もしかして」

健一はそれに思い至ってしまった。

「……水島さんはもともと、このことを知ってたんでしょうか」

「まあ、知ってたでしょ」

「………」

目の前に断絶のシャッターが下ろされた気分だった。

いい会社って
なんだろう

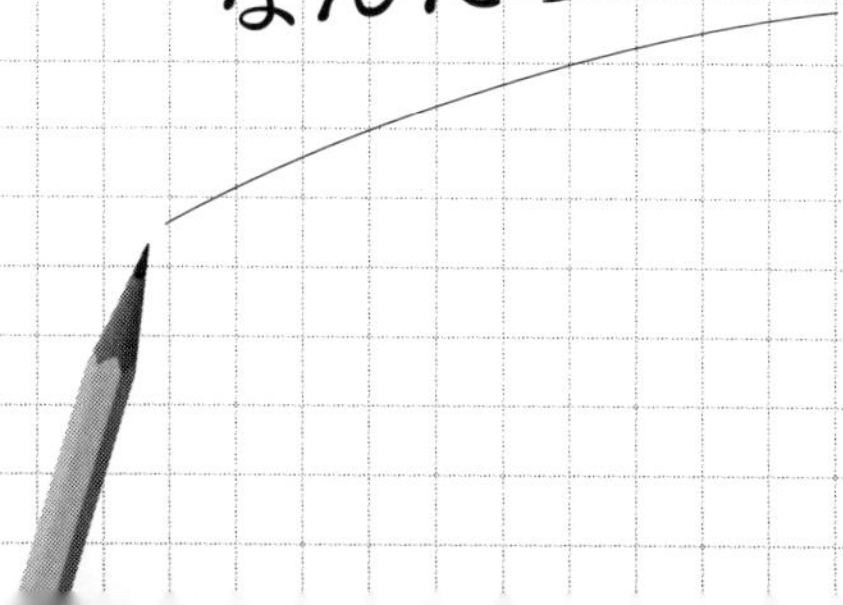

午前十時に目覚めた健一は、ぼんやりとスマートフォンの画面をスクロールした。アプリのコインが尽きるまでマンガを読み、大して興味のないニュースを見つめた。寝る時間も起きる時間も自由というのは、フリーランスの特権かもしれないけど、健一は別にこんな時間にだらだらしていたくはない。

あの日、天津の事務所を早退してから三日間、ずっとこんな感じだった。今日は事務所に行こうかな、と思うが、別に行かなくてもいいか、とも思う。目の前の仕事をするだけだったら家でもできる。

ＫＡＫＩＴＡのプレゼンがなくなっても、健一はいくつかの仕事を抱えていた。スーパー「ハトリ」の仕事や、天津が取ってきたデザイン仕事。一つ一つ片付けていかないと、納期に間に合わなくなる。

へこんだ感情を押し戻し、目の前にある仕事に集中しようとした。

だけどこの数日、作業はほとんど進んでいない。天津からはなんの連絡もないいし、こちらからもしていない。会社に行かないと仕事が進まないのなら、フリーランスは自分には向いていないのかもしれない。

重たい体を起こし、一人暮らしの台所で、即席の味噌《みそ》煮込みうどんを作った。これが大量にストックしてあったため、外にでる必要もなく、ずっと部屋にいた。いつまでも引き籠もっているわけにはいかないのだが、どうにも気力がわいてこない。

だが今日こそは、と、健一は、味噌煮込みにいつもより多めに七味を振った。ずるずると麺をすすれば、頭皮の汗腺がかっ、と開く。次第に満ちてきたやる気とともに、汁を飲み干し、たまってしまった洗い物を、一気に終わらせる。

よし、やるぞ、などと思いながら、健一はシャワーを浴びた。浴び終えてバスタオルで全身を拭くと、頭の中身もすっきりした気になる。そろそろ自分は、自分の船に、帆を張らねばならない。

風の父よ、この帆を満たしてくれ！

健一はドライヤーの風を浴びた。

今日は事務所に顔をだしてみようかな、と思い始めたとき、見計らったかのように、天津から連絡が来た。

業務連絡。今すぐ事務所に集合セヨ——。

急になんだろう、と、跳ねるように支度をして、リュックを背負った。

家をでると十二時の光が眩《まぶ》しくて、目を細めた。木枯らしが思ったよりも冷たくて、いつの間にか早足になる。この三日間で、季節は少し進んだのかもしれない。

数日ぶりの地下鉄の音を、ヘッドフォンで塞いだ。その歌を聴く理由を探しながら、健一はボリュームをあげる。「The Song Remains the Same」——。

自分がどうあれ、思いがどうあれ、歌や季節は流れ続けるのだ。あれこれ考えるのを放棄し、事務所に到着するまで、「永遠《とわ》の詩《うた》」で耳と胸を満たす。

「おつかれさまです……あれ？」

事務所に入ると、長谷川がいたので少し驚いた。リビングのテーブル前に座った彼女は、なぜだかメガネをかけている。

「遠山さん。こちらにどうぞ」

「……はい」

いつもとは違う彼女の口調に、また何かあったのだろうか、と健一は身構えた。

「あの、長谷川さん、どうしてメガネなんですか」

「もともと強度の近視で、コンタクトをしています。こちらではメガネをかけることにしました」

スーツ姿の長谷川は、指でくいっとメガネをあげ、健一を見すえた。色白で切れ長の目をした長谷川に、細い銀色フレームのメガネがよく似合っている。

「そんなことより、遠山くん、どこをほっつき歩いていたんだね」

天津はいつもと同じミニマリストスタイルだったが、口調がおかしかった。自分は今、この同級生コンビに、からかわれているのだろうか……。

「あのー、どうしたんですか？」

「あのー、じゃないだろ、君ー」

「いや、だからなんなんですか、そのしゃべり方は」

「君こそなんだ、社長に向かって」

「社長？」

「そうですよ、副社長。もっと自覚を持ってもらわないと」

長谷川が伏せてあった一枚の書類を、テーブルの上で表に返した。

「今、出資比率を検討していたところですよ」

目を落とした書類には『天津遠山合同会社』と書いてあるが、話がまったく見えなかった。合同会社って一体なんのことだろう……。

「……あの、どういうことですか？」

「だから、おれが社長で、遠山くんが副社長。長谷川さんには経理人事その他をしてもらう。だからメガネでしょ」

「ええ？」

何か会社の真似事をして遊んでいるのだろうか、と訝る健一に長谷川が告げた。

「天津功明広告事務所は、近日中に法人成りします」

「……法人成り？」

「つまりさ、」

と天津が言った。

「起業して、会社を作るってことだよ。法人になればＫＡＫＩＴＡのプレゼンにも参加できるでしょ」

「……まじですか!?」

ようやく話が飲み込めてきた健一の胸は、急激に熱くなった。

ＫＡＫＩＴＡが法人としか仕事をしないんだったら、こっちが起業してしまえばいい。健一が引き籠もっていたこの三日間、天津と長谷川はこの準備を急ピッチで進めてくれていたようだ。

「会社の名前は、天津遠山合同会社だ」

「いや、そんな名前だめでしょう。僕なんか、まだそんなにキャリアもないのに」

「いいんだよ。おれは人を雇用するガラじゃないからね。天津と遠山は雇用関係じゃなくて、パートナーっていう感じでいきたいんだ。それもあって、合同会社にしたってのもあるし」

「……あの、その合同会社ってのが、よくわからないんですけど」

見たり聞いたりしたことがある気もするが、どういうものかはよく知らない、というのが正直なところだ。

「アマゾンジャパンも、アップルの日本法人も、合同会社だよ。おれも最近知ったんだけど」

にやりと笑う天津の横で、長谷川がメガネをくいっとあげた。

「わたしから説明します。まず、株式会社と違って、合同会社は株を発行しません。つまり創業時に、資金を広く集めたりしない、ということです。それもあって設立のハードルは低く、必要な書類なども少ないです。最短一日、六万円で合同会社は作れます」

「ほらほらー、会社の実印も作ったんだよ。二千円で」

テーブルの上の書類に、ぽん、と判を捺《お》す天津を無視し、長谷川は続けた。

「もちろん資本金は、自分たちで準備しなければなりません。資本金と言っても、うちの場合、要は運転資金ですが、百万円あれば、ぎりぎりなんとかなるでしょう」

長谷川が指さす書類には、出資額と比率が書いてあった。天津が九十四万円で九十四%、健一が五万円で五%、長谷川が一万円で一%とある。

「つきましては、遠山さんに、この五万円を出資してほしいのですが、よろしいですか?」

「……それは、多分、なんとかなると思いますけど、……逆に、五万円でいいんですか?」

「はい。株式と違って、出資額によって利益の配分が決まる、というものではありません。報酬はそれぞれの働きに応じて、話し合って決めます」

「だから、別に一万円でもいいよ、遠山くん」

天津は軽い調子で言い、長谷川が続けた。

「出資したここにいる三人が、この会社の代表社員、つまり役員ということになります。来週月曜の午前までに、遠山さんは、出資金を振り込んで、その控えを用意してください。会社の口座開設にはまだ時間がかかるので、天津さんの口座宛にお願いします。あとは印鑑証明もお願いします」

慌ててメモを取る健一は、この急展開に頭を追いつかせるだけで精一杯だった。

「それでは今日のところはこれで。明日は土曜ですが、メールなどはチェックするようにしてください。わたしはこれで失礼します」

にっこり笑った長谷川は、慌ただしくその場から去っていった。

「……長谷川さん、どこ行ったんですか？」

「ハトリだよ。お昼休みにここに寄ってくれただけだから」

「じゃあ……メガネは……」

「知らないけど、どこかでコンタクトに変えるんじゃないの？」

「へえ……」

健一と天津はしばらく黙った。

「……あの人を見てるとさ、」

長谷川の残した書類を見やり、天津は口を開いた。

「ぼーっとしてちゃだめだな、って思うよ。これからのビジネスは、スピードが命だってね」

　天津の仕事ぶりを見ていると、相当スピード感があると思うが、それとこれとは少し違う話なのかもしれない。

「おれもね、独立して仕事が増えてきたとき、税金のこともあるし、法人化したほうがいい、ってずっとわかってたんだよ。でも、忙しいとか理由つけて、何もやらなかった。それがさ、長谷川さんに相談したら、たったの三日で、もう書類だせば終わりってところまで来ちゃったよ」

「……長谷川さん、すごいですね」

「うん。だけど、きっかけを作ったのは遠山くんだからね。この前のことがなかったら、やっぱりおれの重い腰は、あがらなかったと思うし」

「………」

　健一は言葉に詰まってしまった。法人化のきっかけを作ったのが、本当に自分なのだとしたら、それがいいことだったのか、悪いことだったのかはわからない。決して安くはない金額を天津は出資しているが、この会社がこれからうまくいくとは限らないのだ。

「つまりね、仲間がいる、っていいことだな、って今回おれは思ったよ。仲間のためって思えば、めんどくさいことでも頑張ろうと思える。Ｆｏｒ ｔｈｅ Ｔｅａｍが世界を動かすってことだな」

「……あの、ありがとうございます」

「いやいや。やってみればね、会社なんて、気軽に作れるんだよ。負わなきゃいけない責任は、出資した金額だけだし。融資を受けるときに連帯保証人になったりしなければ、責任は、たったそれだけなんだ」

「……そうなんですか」

会社に所属したい、とあれだけ思っていた健一だが、じゃあその会社というものの実体がなんなのかは、あまり考えたことがなかった。有限責任、無限責任、などと、なんとなく知っている言葉の意味も、よくわかっていない。

「時間ができたら、ちゃんと勉強してみます。会社の仕組みとか」

「ああ。おれもまだ、よくわかってないからな。ちゃんと理解しないと、なんでも長谷川さん頼みってわけにはいかないし」

天津と健一はまたしばらく黙ったけど、話さなきゃならないことは、無限にあるような気がした。

「……あの、ところで本当に会社名は、天津遠山合同会社なんですか？」

「そうだよ、登記はまだだけど。だってほら、ハンコも作っちゃったし」

「いやいや、それならハンコ作る前に、どうして相談してくれないんですか？」

「それはほら、やっぱり、遠山ちゃんを驚かせたいじゃん。遠山ちゃんの驚く顔が見たいじゃん」

「そんな理由なんですか！」

うははは、と笑う天津につられて、健一も笑ってしまった。

「あのさ、遠山くん」

真面目な顔になった天津が問うた。

「この三日間さ、愉快だった？　どう？」

「……いえ。愉快ではなかったです」

足音をたてずに近付いてきたボンゾが、二人の顔を順に見た。

「そうだよな。仕事なんだから、嫌なことだって起こるよ。うちらみたいな弱小は特に、理不尽な思いもするかもしれない。だけど、おれ、一つだけ決めていることがあるんだよね」

「……なんですか？」

「仕事は愉快にやろうって。どんな仕事でも、やるからには上機嫌でやってやろうってね」

天津はボンゾの喉をくいくいと撫でた。

「……愉快、ですか」

「そうだよ。これから起業するんだ。こんなのって、とてつもなく愉快なことだよ」

んなあー、とボンゾの鳴き声が聞こえた。

天津遠山合同会社――。

その不思議で愉快な会社のビジョンを、健一は思い浮かべてみた。会社――。これから自分たちが会社を作る――。来週、自分たちの会社ができる――。天津遠山合同会社――。

「……じゃあ、あれですか？　会社の名刺とか、僕がデザインしてもいいんですか？」

「もちろん。よろしく頼むよ」

「ロゴは？　会社のロゴはどうしますか？」

「それも考えようよ、一緒に」

「WEBサイトは？　サイト作りましょうよ」

「ああ、格好いいの作ろうぜ」

「あと、Macと大きいモニターとプリンターが欲しいんですけど、買ってもいいですか？」

「そういうのは、おれが決めるとアレだからな。長谷川さんに相談して」

「へえー！」

健一は思わず声をあげた。

「会社作るって聞いて、本当に大丈夫なんだろうか、とか、そんなことばっかり考えてました。でもそうですね。考えてみたら、めちゃめちゃ愉快です。エモいですよ」

「……エモいか」

その言い方が可笑《おか》しかったのか、天津は少し笑った。

数ヶ月前まで、自分のよくわかっていないものに、ぼんやり人生を預けていた。どこか当事者意識の欠けたまま、大きなことに巻き込まれ、途方にくれることもあった。

今、健一は五万円を出資するだけだけど、この会社の当事者になろうとしている。天津遠山合同会社は、自分の会社だ。これから起こる問題は、大小問わずすべて自分の問題なのだ。

「健ちゃん的にはどうなの？　うちの役員にして、看板デザイナーの健いっちゃんは、この会社をどうしたいの？」

天津は健一の呼び方を、いろいろ探っているようだった。

「……僕は、」

と、言いながら健一は考えた。天津と一緒に、自分はこの会社をどうしたいのだろう。

「……まだ、ちゃんとはわからないです。やってみないと何もわからないし。……あ、でも、一つだけあります」

「何？」

「あの、倒産だけは嫌です」

健一の言葉に、ふっ、ふっ、ふっ、と天津は笑った。

「それはわかんないよ、健一くん。もしかしたら我が社も倒産するかもしれない。しかし、だ。ある日突然、誰かに倒産を言い渡される、ってことはないよ」

「……」

「倒産させるかどうか決めるのは、おれたちだからな。だめだったときは、おれたち二人で決めて、鮮やかに散ろうぜ」

「……はい、まあ」

そう言えば格好いいけど、そんな事態だけは絶対避けたいなあ、と思いながら、健一は何もかもを了承した気分になっていた。

「よろしくね、健一氏《うじ》」

「はい。よろしくお願いします」

健一氏ってのはなんなのでござるか、と思いながら、健一はまた天津とがっちり、腕相撲スタイルの握手をした。

◇

唸《うな》る赤色の車体が秀徳レジデンスの前で停止すると、最後にカンカンカンと音が鳴った。朝七時、健一は缶コーヒーで身体を温めながら、それを待っていた。

「お待たせー。ガソリン入れてて、ちょっと遅れちゃった」

「いえ。赤いボルボ、渋いですね」

「もう二十年選手だから、いろいろガタが来てるけどね」

運転席から降りてきた天津が、車のボディを叩いた。後ろに回った健一は、重いトランクのドアを持ちあげ、いくつかの荷物を放り込んだ。

「いつもとシャツが違うんですね」

「ああ。ボルボに合わせた」

赤いボルボに、黄緑色の葉っぱ柄のシャツ。天津が着ているそのシャツは変な柄なのだが、スタイルが良いからか、きれいに似合っている。健一が着たら、きっと葉っぱが強調されて、黄緑葉っぱ好き男子、みたいになってしまうだろう。

助手席に乗り込むと、すでにナビが設定されていた。I市にあるウィルソンタウンは遠く、休憩を挟んで、昼ごろに到着する予定だ。

最寄りのインターから有料道路に入ると、あとは現地近くまでひたすら高速道路を走るルートだ。車を持っていない健一は、久しぶりのドライブに気持ちを高ぶらせている。

「運転まかせちゃっていいんですか？」

「うん。こいつクセがすごいから。今日は、まあまあ機嫌いいけど」

「機嫌悪いときもあるんですか？」

「悪いときのほうが多いかな」

大きな手でステアリングを握る天津が、鼻歌交じりに言った。

彼は何も言わずに、カーステレオでツェッペリンの「Whole Lotta Love」（胸いっぱいの愛を）をかけた。ジミー・ペイジの特徴的なギターリフを、二人はしばらく黙って聴く。

自分は父とドライブをしたことがあるのだろうか、と、ふと思った。記憶にはないけど、きっとあるような気がした。もしかしたらこんなふうに、ツェッペリンの曲をかけていたのかもしれない。

曲はやがて、「Black Dog」に変わった。眩しい朝日を遮るためか、天津はリムの太い、スクエアなサングラスをかけている。

「道が空いてていいですね。平日のドライブは」

「ドライブじゃなくて、出張だけどなー」

昨日の日曜日、今回のコンペのために、健一は平屋について下調べをしていた。ウィルソンタウンという元米軍基地に並ぶ平屋に興味を惹《ひ》かれ、天津にメッセージを送ったら、明日、二人で行ってみよう、となった。

即断即決即行動――。ビジネスはスピードが命、ということもあるかもしれないし、これは天津の言う〝愉快〟の一部分なのかもしれない。

行き当たりばったり、と、天津と会ったばかりのころの自分なら、思っただろう。

だけど主体的にモノを考えて、自分の感性を全開にしていると、違う景色が見えてくる。プランをこねくり回して、根回しして、指さし確認して、というやり方では、情熱に時間が追いついてこない。

「長谷川さんから届いた、入社手続きのやつって、もう書きました？」

ましてて世の中のビジネスのスピードは、急速に増しているようだ。

「おお、すぐ戻したよ。あれ、すごいよな。従業員が二十人超えるまでは、無料サービスなんだってよ」

「へえー」

週末もメールチェックするように、と長谷川に言われていたが、土曜日にURLの書かれたメールが届いた。クリックすると入力フォームがでてきて、そこに名前や住所を入力し、年金手帳や雇用保険の写真などをアップロードするだけで、各種入社手続きが済んでしまった。データはクラウドに保存され、社会保険の手続きなどに利用されるそうだ。

「アドプラのときは、結構、書類を手書きした記憶がありますけど。時代は進んでますね」

「まったくだよ。おかげで人事や経理のためだけに、人を雇う必要はないし。こういうので、起業のハードルが、ずいぶん下がってるんだろうな」

天津は高速道路を快調に飛ばした。

「アドプラと言えば、健ちゃん。社長は今、どうしてるの？」

「社長って、権田さんですか？　知ってるんですか？」

「うん、ちょっとね。先輩が権田さんと一緒に仕事したことあって、その現場に立ち会ったことがあるんだ」

「先輩って、コピーライターの伊土新三ですか？」

「あれ？　おれ、話したっけ？」

「いや、してないです」

健一はそれをインターネットの検索で知っただけで、天津との間でその名前がでたのは初めてだ。

「そう。伊土コピー研究所にいたときの話だよ。権田さん、今はどうしてる？」

「……会社を畳んだ後のことは、ちょっとわからないですけど」

「そうなんだ。元気にしてるといいけど」

天津が権田社長と通じていたなんて、この業界は狭いようだ。

「あの、」

健一の声に、天津は答えず、じっとステアリングを握ったままだ。

「……天津さんと伊土さんって、どんな関係なんですか？」

「先輩後輩だよ。あの人には一から十まで、いろんなことを教わって……。パートナーって感じでもあったかな」

「へえ！　そうなんですね」

ミーハーかもしれないが、伊土の直接の後輩、というだけで、天津を尊敬するような気持ちになっていた。

だけど天津はそれ以上、何も語らなかった。

◇

高速のパーキングでの休憩を挟み、四時間ぶりに高速道路を下りた。国道をしばらく走っていると、目的地「ウィルソンタウン」の街並みが、ふいに道沿いに現れた。

「へえー。いきなりおもしろいな」

「日本じゃないみたいですね」

アメリカ郊外を思わせる平屋建築が、道沿いに並んでいた。もともとこの周辺は、ウィルソン基地の軍人や、その家族が住む居住地だったらしい。当時のままの米軍ハウスと、その雰囲気を継承した現代の低層住宅が、ここには混在している。

施設やレストランなどの店舗も、たくさんあった。住宅地でありながら観光客も歓迎している感じの不思議な街だ。

「まずは、何か食べようか」

「そうですね」

国道沿いのレストラン『サミュエルズ』の駐車場に車を停めた。白い横張りの板壁を、懐かしい、と感じるのは、きっと昔からアメリカ映画でこんな光景を見てきたからだろう。

足を踏み入れた店内も、アメリカの古民家、という感じで、懐かしさを感じた。半屋外のテラスへ案内され、メニューを受け取る。自家製のハーブスパイスを効かせた洋食がこの店の自慢らしい。

今日のランチは薬膳カレーとあったので、二人ともそれをオーダーした。すぐに運ばれてきたカレーから香るスパイスに、食欲を刺激される。たっぷり効いた生姜《しょうが》とニンニクが、長距離ドライブで疲れた身体を癒やしてくれる。

「いいところですね」

「ああ」

二人が食後のコーヒーを飲んでいると、「ご旅行ですか？」と、隣の席にいたカウボーイハット姿の長髪男性が話しかけてきた。

「はい。写真を撮りにきたんです」

「そうですか。わたしは、ここに住んで五年ですよ」

男性の身の上話が、思いがけなく始まった。

彼は以前、東京でスタジオミュージシャンをしていて、偶然訪れたこの街の雰囲気を気に入り、移住してきたらしい。今は借りた部屋に小さなスタジオを作って、曲を作ったり、仲間とセッションしたりしているという。スタジオ作りも街の人が手伝ってくれ、セッション仲間もウィルソンタウンの住人だそうだ。

「都市部の喧騒《けんそう》もないし、かといって田舎過ぎないし、ほどよくオープンな空気感がいいんですよ」

話は整然とまとまっていたから、彼はきっと訪れる観光客に、何度も同じ話をしているのだろう。

「平屋が多いのは、もともと米軍の住宅地だったからなんですよね」

と、天津が訊いた。

「そうです。平屋って聞くと、古くて懐かしい日本家屋、例えば、サザエさんのおうちなんかを思い浮かべる人が多いと思いますが、この街はアメリカの郊外そのものですよ。ほら、空が広いでしょ」

「ああ、なるほど」

ちちちちち、と、鳥の鳴く声が聞こえた。テラスから望むこの街の空は広く、手を伸ばせば届きそうな近さを感じる。

「この街の人は、みんなのびのび自由に暮らしてますよ。じゃ、ゆっくりしていってくださいな」

「ありがとうございます」

しばらくすると、その長髪男性はまた別のお客さんに話しかけていた。人懐っこさ全開のウェスタンおじさんは、この街の素晴らしさを、もっともっと語りたいのだろう。

立ちあがった二人は、街を散策することにした。健一の腰に装着されたポーチには、デジタルカメラが入っている。ＳＯＮＹのサイバーショットRX100。歩き回るロケハンにはちょうどいいサイズだし、撮影画像はデザインラフなら十分使用できるクオリティだ。

街を散策しながら、健一は写真を撮りまくった。天津もときどきスマートフォンを取りだし、シャッターを切ったり、メモを残したりする。

ウィルソンタウンは、住宅街としてもちゃんと機能していた。観光客を意識した飲食店や雑貨店もあるが、眼科や接骨院やダンス教室などもある。犬の散歩をする人が、写真を撮る健一たちに気をとめることなく、通り過ぎていく。

家の前のスペースにデッキチェアを並べ、住人たちが寛《くつろ》いでいた。まるでキャンプをしてるようだが、彼らにとっては、これが日常なのだろう。一般の暮らし方からすると非日常的な風景が、ここでは違和感なく映える。

ちょっと変わった街の風景と人の営みを感じながら、街中を歩いて写真を撮った。ここを撮って、この角度から、などと、天津から指示されることもあった。

途中、休憩も挟んで、もう西日の差す時刻だった。夕陽を浴びたオレンジの家並みを、健一は夢中で写真に収めていく。どの家もそれぞれどこか特徴があって、それぞれの表情がある。同じ家は一つもない。

「健ちゃん、そろそろ帰ろうか」

「そうですね。さすがに疲れました」

パーキングに向かって歩いていると、家と家の壁の間に、両手を広げて立っている子どもがいた。

「……あれは何をやってるんですかね？」

「缶蹴りかなんかだろ」

もう少し進むと、足音をたてずに辺りを探っている男子がいた。街中で子どもが遊んでいる風景を、懐かしいな、と感じながら、二人並んで歩く。

「ゆっくん見つけた！」

と、その子が叫んだ刹那、さっきの隠れていた子どもがダッシュしてきた。同時に、どこに隠れていたのか、何人もの子どもたちが、一斉に飛びだしてくる。

奇声を発しながら走る子どもたちの後ろ姿を写真に収めたのが、その日のハイライトだった。

◇

翌日、健一が事務所に入ると、長谷川と天津がいた。

「遠山くん、おはよう」

「おはようございます」

メガネをかけた長谷川は、副社長のことを「くん」付けで呼んだ。どうやらこれからは、その呼び方でいくと決めたようだ。

「午前中に登記済ませてきたよ。だから今日、十一月十一日は、設立記念日」

長谷川と天津の間に、薄い緑色の紙があった。それがいわゆる登記簿謄本《とうきぼとうほん》というもので、正確には履歴事項全部証明書《りれきじこうぜんぶしょうめいしょ》というらしい。会社の名前や住所、そして役員として遠山健一という名前も書いてある。

「運命は、ゾロ目を選ぶようだな」

ここの住所は一―一―一―一〇一、設立日は十一月十一日。実はこの住所にしても、天津は特に狙って入居したわけではないらしい。

「さ、記念写真を撮るよ」

言われるままに、健一は天津に身を寄せた。お祝いっぽいモノは何もないので、履歴事項全部証明書を持つ天津を、健一と長谷川が挟み、自撮り写真を撮るらしい。

画面いっぱいに三人が詰め込まれて、一のポーズをしたところで、長谷川がかしゃりかしゃり、とシャッターを何度か切った。

「ちゃんとしたお祝いは、そのうちしようね」

「ああ、そうだな」

天津は履歴事項全部証明書を、無造作にトレーに投げ入れた。まだホームページもロゴも名刺すらない天津遠山合同会社だが、今日から本当に始まるのだ。

「長谷川さんは、いつハトリを辞めるんですか？」

と、健一は訊いた。近いうちにハトリを辞めて、こっちに合流する、というような流れを、なんとなく想像していた。

「辞めないよ。わたしは副業として、月に何日か、こっちを手伝うだけ。だからわたしのメガネ姿を見られるのは、月に数日だけってこと。レアメガネよ」

メガネの情報はどうでもよかったが、長谷川は毎日ここに来るような感じではなく、ハトリの勤務後とか休日に、この会社の仕事を手伝うらしい。

「今日は、午前休暇を取って、公証役場に行ってきたって感じ」

「さすが、長谷川さんは、副業の申し子だね」

と、天津が言った。長谷川はハトリの広報をしながら、夜はときどきスナックの手伝いをしている。今度はさらに、自分たちの会社にも関わろうとしている。

「いろんな肩書きを持ってマルチに活躍するタイプと、一つの肩書きで職人になるタイプがいるでしょ？　これからは、前者にとって生きやすい時代なんだってさ。つまり長谷川さんの時代が来たんだよ」

「そうなの？　じゃあ天津くんは、どっちのタイプなの？」

「おれは、どっちも取りにいきたいね」

天津は不敵な笑みを浮かべた。自分はどっちのタイプだろう、と健一は考える。

「でも副業って、双方にいい影響があるんだよ。スナックの手伝いもね、お客さんの相手してると、地元の消費者の考えてることがダイレクトにわかって、スーパーの広報に役立ったりするし。今回のことも、お客さんに聞いたことが役に立ったから」

スナックのお客さんに行政書士の人がいて、長谷川は起業についていろいろ教わったようだ。

「でもわたしは別に、副業がしたいってわけじゃなくてさ、単に、同級生と起業するなんて、めちゃめちゃ面白そうじゃんってだけ。バックオフィス業務だったら、空いた時間に手伝えるし」

ほらほら見て見て、と長谷川はスマートフォンのアプリを、健一に見せてくれた。

「昨日、あなたたち出張行ったでしょ？　天津くんが、ガソリン代の領収書の写真を、このアプリにあげたのね。これ、日付とか店名とか画像認識して、アプリが勝手に入力して、さらに自動でほら、交通費（ガソリン代）って、判断までしてくれるわけ。それをわたしがこうやって、承認すれば、経理の仕訳作業まで進んじゃう。これであとは給料と一緒に、未払経費として、天津くんの口座に振り込まれる、って感じ」

「へえー！」

テクノロジーは進化しているようだ。アドプラ時代を思い起こせば、先輩たちは月に一度、領収書を整理して、経理担当者のところに足を運んでいた。

「わたしはこの作業、通勤電車のなかでやれちゃうからね。健一くんにも、このアプリ落としておいてもらうから。んんん？」

天津が申請した経費をアプリでチェックしていた長谷川が声をあげた。

「ねえ、ウナギおにぎりって何？　ウナギおにぎりって」

昨日、ウィルソンタウンからの帰り道、サービスエリアで天津と一緒にウナギおにぎりを食べた。そう言えばそのとき天津は、レシートの写真を撮っていた。

「いや、会議費だよ、会議費。ウナギおにぎり食べながら、ちゃんと仕事の話をしたんだから」

「んー、会議費はいいとして、ウナギである必要はあるの？」

「あるよ。ウナギじゃなきゃ、いいアイデアはでないだろ」

「だったらお土産買ってきてよ！」

やいのやいのと、同級生二人が言いあっている。

「……あの、コンペが終わったら、みんなで鰻《うなぎ》食べに行きましょうよ」

「お、いいこと言うね、健ちゃん」

「コンペに勝ったら、ね」

長谷川さんは、にっこりと笑った。

「そうだな。さっき、挑戦状を郵送しといたぞ、健ちゃん」

「挑戦状？」

天津はまた不敵な笑みを浮かべた。

「ＫＡＫＩＴＡのコンペの参加申し込み。つまり間接的に、伝信堂への挑戦状ってことだな」

テントウムシ対ブラキオサウルス――。自分たちはこれをするために、急いで会社を作って、登記も済ませたのだ。

「さて、忙しくなるぞ」

天津遠山合同会社は今、始まる。

天津が立ちあがると、長谷川もハトリに向かうと立ちあがった。立ちあがって作業部屋に向かった健一は、MacBookを起動する。ゆらり、と、鉛の飛行船が浮上した。

昨日、帰りの車のなかで、四時間ずっとプレゼンの戦略について話した。助手席の健一は、天津の言うことをノートにメモりまくった。やるべきことはもう、わかっている。

健一はまず、前日のロケで撮った写真の整理を始めた。まばたきをするように写真を撮ってきたので、パソコンに取り込むだけで結構な時間がかかる。

画像をカテゴリーで分類し、パソコン上にイメージボードを構築した。カテゴリーは今のところ抽象的だ。先進と懐古――。躍動と静謐《せいひつ》――。都会と自然――。仕事と遊び――。

対比的なフレーズを並べ、画像を振り分けていった。まだ答えを絞り込む段階ではない。ビジュアルを概念化して、本質を要素《エレメント》としてとらえる。

イメージは膨らみ、増殖し、また、ときに収束していった。アイデアの欠片《かけら》をどう形にするか――。本当に形になるのか――。プレッシャーに刺激され、モチベーションは高まるばかりだ。

楽しい、と健一は思った。

仕事とは、できることをただなぞることではない。できるかもしれないことを、一つ一つ、できたことに塗り替えていく。モノを創る喜びが今、健一の胸のなかで小爆発している。

翌日も作業は続いた。天津と遠山に宛てたそのメールが届いたのは、午後四時を過ぎたころのことだ。

天津遠山合同会社　天津様　遠山様

お世話になっております。ＫＡＫＩＴＡ広報担当、水島莉子です。

オリエンの日は大変お世話になりました。あらためてお礼申しあげます。

まずは会社の設立、おめでとうございます。（とても驚きました）

そしてこのたび、弊社のコンペにご参加いただけるとのこと、

心より嬉しく思っております。

つきましては、弊社の商材資料等をお渡ししたいと思い、一度ご来社いただきたく、ご連絡差しあげました。

その際に、ヒアリング等、受け付けますので、何かございましたら、ご質問いただければと思います。

明日、午後であれば、いつでも空いておりますし、明日以降でも大丈夫です。

それでは、どうぞよろしくご検討くださいませ。

◇

名古屋駅の地下街で昼飯を済ませ、十三時きっかりに天津と一緒に受付に向かった。

KAKITAが入っているこの高層ビルにやってきたのは、あのオリエン以来だ。あれからいろんな浮沈があったけれど、期間にすると実はまだ、一週間と少ししか経っていない。

事件や契機は突然訪れ、人生は思いがけない方向に転換する。

だけど舵《かじ》を切るのが〝自分〟であれば、それを怖れすぎることはなかった。不安がってばかりいても事態は好転しないと、健一はもう知っている。

仕事も、人生も、これからの自分は、当事者として生きるのだ。

前回は巨大な会議室へ通されたが、今回は広報部内の、小さな応接室に案内された。しばらく待った後、応接室とオフィスを隔てる扉から、水島が顔をだした。

「お久しぶりです」

健一は笑顔で声をだしたが、水島は緊張した様子だった。てっきり相手は水島一人かと思っていたのだが、彼女の後ろに一人、役職の高そうな中年男性がいる。多分オリエンのときに、伝信堂社員の周りにいた人だ。

「はじめまして。よろしくお願いします」

天津と健一が男性に挨拶をすると、「ああ、はいはい」と返ってきた。二人は今日の午前中に作った、刷りたての即席名刺を差しだす。

交換したその名刺によると、彼が水島の上司に当たる広報部長だ。絶対に笑ってはいけないのだが、健一は笑ってしまいそうだった。同じことを天津も思っているに違いないが、天津と目を合わせたら笑ってしまいそうなので、隣を見ないようにする。

「はい、じゃあお座りください」

「失礼します」

オリエンの後の飲み会のとき、水島は偏見に満ちた部長あるあるを語っていたが、それはまさにこの人のことだった。だが絶対に、笑うわけにはいかない。

「このたびは、弊社のコンペにご参加いただきありがとうございます」

奥歯に力を込める健一の前に、水島が資料を差しだした。

「こちらが今回の新商品開発資料、こちらがマーケティング資料になります」

「なるほど。ありがとうございます」

貰った資料を確認しながら、天津が答えた。

「……じゃあ、まあ、今日のところはいいかな？」

広報部長は早々に席を立とうとした。

「あ、でも。お二人から質問をお受けすることになっていますので」

「ああ、そう」

彼は最初から健一たちに興味がない、というか、半分無視しているような感じだった。

彼にしてみれば、聞いたことのない新しい会社に、自分たちの思惑を邪魔されたことになる。健一たちがコンペに参加表明しなかったら、彼らは目論見どおり伝信堂とコンペ抜きで取引を開始することができたのだ。

「で、何か質問は？」

面倒くさそうに広報部長が訊いてきた。天津がカバンから用紙を取りだし、広報部長と水島に一枚ずつ渡した。

どんな人に住んでもらいたいか。
どんな暮らしができるのか。
どんな未来がそこにあるのか。
この家は、私たちに何をもたらすのか。

用紙には太いゴシック体で、四行詩のようなものが書かれていた。

「なんだね、これは？」

「ヒアリングシートです。ぜひ部長のご意見をお伺いしたくて」

正面にいる部長を見ながら、天津はゆったりとした口調で言った。

「うーん、なんだか抽象的なことを聞くねえ。伝信堂さんは、カタログの表紙をどんなデザインにしてほしいかとか、サイズはどうしてほしいかとか、ちゃんと、そういう話を聞いてきたけどねえ」

「そうですか」

質問に答える様子のない広報部長に、天津は別の話を切りだした。

「そういえば一昨年のＫＡＫＩＴＡさんの三階建ての家、あの広報を担当されたのは……」

「ああ、あれはわたしだよ」

「そうだったんですか。あの家のコンセプトが素晴らしくて、参考にさせてもらってます」

天津は天真爛漫《てんしんらんまん》な笑顔で言った。

「都心の狭小地に、耐震性を備えた三階建てプラン。あのコンセプトを実現するには、かなりのご苦労があったんじゃないかと思ったんです」

「うん、ああ、そうだね。あれはそうだったなあー」

ずっと硬い表情だった広報部長の顔が緩んでいった。

「うんうん。いや……まあ、それは、置いておいて、この用紙の質問は、水島くん、君が答えといて。わたしはちょっと忙しいんでね」

「あ、はい」

「じゃあ、あとはよろしく」

立ちあがった広報部長は、そのまま背を向けて応接室をでていった。

「……あの、すみませんでした」

と、水島が小声で言った。

「今日、急に部長も同席することになってしまって……」

「いえいえ。こちらとしては、ご挨拶できてよかったです」

大人の返事をする天津に、健一は感心していた。彼はヒアリングシートをカバンに忍ばせ、さらには広報部長の過去の仕事まで下調べしてきたようだ。

「それで、水島さん。さっきのヒアリングシートですけど」

「はい……」

どんな人に住んでもらいたいか、どんな暮らしができるのか、どんな未来がそこにあるのか、この家は私たちに何をもたらすのか――。

あらためて質問した天津に、水島は首を捻った。

「ごめんなさい。正直言って、わたしが考えているのは、会社が作っている家のP

Rを、決められた予算のなかでどうやっていくか、ってだけで……。家の中身のことなんて、考えたことなくて……」

「そうですか」

「お恥ずかしい限りです」

「いえ。だいたいのクライアントさんが、そんな感じですよ。先ほどの部長さんも、おそらくそうですし」

天津は優しい声で言った。

「みんな忙しくて、みんな何かに追われていて、みんながストレスを抱えている。自分が担当している商品が、人に何をもたらすかなんて、考えている暇はないんだと思います」

「……」

「だけど、そういうところをおざなりにするから、追われたり、疲れたりするんじゃないか、って思うときがあるんですよ」

「……どういうことですか？」

健一は思わず口を挟んだ。

「自分の仕事が誰の役に立っているか、何をお客さんにもたらすのか――。それを理解していたほうが、仕事はラクだと思う。だって、ゴールがどこにあるか知らずに走り回るより、どんなに遠くても、決められたゴールに向かって走るほうが、希望があるでしょ？」

ここ一週間のことを思いだしてみれば、確かにそのとおりだった。ゴールが見えないなかの仕事はちっとも進まなかった。だけどゴールがわかって(健一たちにとっては、コンペで競合に勝つこと)からは、どれだけ集中して仕事をしても、疲れを感じなかった。

「この商品のゴールをイメージできれば、商品の良さをしっかり提示することができる。お客さんにも、自分ごととして考えてもらえる」

「……だけど……わたしは……」

何かを言おうとした水島は、言葉を詰まらせた。しばらく待った天津は、やがてゆっくりと言葉を継いだ。

「コンペがどうとか、上司とか伝信堂がどうとかじゃなくて、この素敵な平屋を、欲しいと思ってくれるだろう人に、しっかり届ける。それだけを考えて仕事すれば、もうちょっと楽になれるんじゃないかな？　仕事は愉快に、上機嫌にやったほうがいいでしょ？」

「……はい」

頷いた水島は、目に涙を溜《た》めていた。

「……そうですね。本当にそのとおりです」

あの日、健一のカラオケを聞いて泣いていた彼女の姿が、今でも健一の胸に焼き付いていた。あのときは、ただの泣き上戸だと思っていたけれど、多分それだけじゃなかったのだろう。

どこの会社もコンペを見送るなか、彼女は上司にプレッシャーをかけられながら、参加会社を探して回った。頼み込んで竹川印刷に参加してもらったのに、その竹川印刷にプレゼンを下ろさせるような筋書きが用意されていた。

「わたし……、ずっと、みなさんに申し訳なくて……」

みなさんと一緒に仕事したいです、と別れ際に言った彼女には、そのとき健一たちにはどうしても言えないことがあったのだ。だから彼女は、武道館に来たくても来られなかったペンフレンドに共感していたのかもしれない。

「……でも、こうやって、コンペにも参加してもらえて、嬉しいです。……だからわたしも、この家が、多くの人たちを幸せにできるよう、頑張ります」

水島は洟《はな》をすすりながら言った。

「うん。僕らは僕らで、この家に潜在する可能性を掘り下げて、価値を顕在化しようと思ってます。なあ、健ちゃん」

明るい声で言う天津に、はい、と健一は答える。

「わかりました。カチのケンザイカですね」

「ん？　何？　もしかして、ちょっといじってんの？」

ふふ、と水島がハンカチで目を押さえながら笑った。

「じゃあ、水島さん。ひとまずスケジュールを教えてもらえるかな？」

それから三人で、スケジュールを確認した。プレゼンは三週間後に、オリエンのあった大会議室で行われる。伝信堂が十三時からで、健一たちが十四時からだ。

審査は広報部長と、商品開発部長、営業部長の三名の採点形式で、三人の合計点が高かったほうが採用となるらしい。水島はオブザーバーとしてプレゼンに同席するものの、やはり決裁権はなく、採点にも加わらないとのことだ。

「それでは天津さん、遠山さん、当日よろしくお願いします。ヒアリングシートの回答も、後日送らせてください」

「はい。こちらこそよろしくお願いします」

挨拶をした天津と健一は、受け取った資料を手に、ＫＡＫＩＴＡを後にした。

いい相棒ってなんだろう

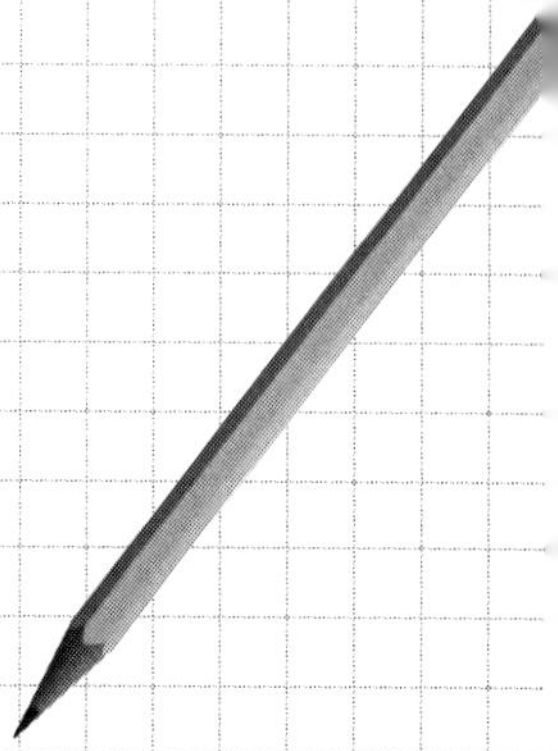

秋の最後の日々は、瞬《また》く間に過ぎていく。

健一はデザインラフの制作や企画書のまとめに追われていた。KAKITA以外の仕事を頼まれることもあって、わざわざ家に帰るのが面倒になり、週のうち何度かは、キャンプ用の簡易ベッドを天津に借りて、事務所に寝泊まりした。

「健ちゃん、ちょっと来て」

天津に呼ばれ、彼のパソコンを覗き込んだ。モニターには何本かのコピーが箇条書きで並んでいて、そのうちの一本が太く、大きく、強調されている。

「これ、どう思う?」

「いいですね。なんか……、一気にビジュアルが見えるというか……。あ、だったら、この感じは合いませんか?」

健一はデザイン本の付箋をつけたページを開いた。

「ああ……、なるほど。いいかもしれない」

天津と二人でモノを創るのは楽しかった。

アドプラ時代は、ずっとMacの前に座って作業をしていた。ときどき近くにやってくる人に、あれやって、こうやって、などと言われ、それに応えるのがデザイナーの仕事だと思っていたけど、今は違う。

デザインの仕事を、自分ごととして、能動的にやっている感覚があった。それは、受注から納品まで、いろんな人と関わりながら仕事をしているからかもしれない。

自分だったら、この平屋住宅で、どんな暮らしをしてみたいかを考えてみました。

水島からメールで、ヒアリングシートへの答が返ってきた。

今まで普通と思っていた暮らしとは、少しだけ違った暮らしをしたいです。屋根に寝転がって星を見てみよう、とか、休日は窓のそばでゴロゴロしてみよう、とか、近くの山に登ってみよう、とか。普通というものに縛られず、自由な暮らしをしてみたい。そんな家になってくれたらいいな、と思っています。

きっと、何かをデザインしたい気持ちは、誰にだってあるのだ。

クライアントの水島や、その上長たちもそうだし、共にモノを創る天津もそうだ。長谷川や唐沢など、仕事を一緒にする仲間や、ウィルソンタウンで出会ったおじさんや子どもたちもそうだ。みんなの表現したい何かが、健一というフィルターを通って、今、指先に集まってくる。

それが健一のデザインとして、昇華されていく——。

その日、天津が組んだ構成案をもとに、全体のレイアウトを進めていた。取材で撮影した写真をコラージュし、デザインに深みをだしていく。

「このコピー、最初のグラビアに入れてみて」

天津から送られてきたコピーを、グラビアページにはめ込んだ。

「……ああ」

健一はため息を洩《も》らした。こんな感覚を得たのは初めてかもしれない。ぽつり、と生まれた自信が確信に変わり、希望の光が急に射し込んできた。

これは……、いけるんじゃないだろうか……。これだったら、どんな相手とだって戦えるんじゃないだろうか……。

「……天津さん。ビール……買ってきていいですか」

「ああ、そうしようか」

天津も同じ感想を持っているようだった。

その日、二人は、初めて同じビジョンを見た。もやもやしたなかを探り続け、ようやく辿《たど》り着くべき像に焦点が合った気がしたのだ。

◇

二人で乾杯をして、結局、そのまま朝まで作業を続けた。

三日連続して事務所に泊まった後だったので、健一は始発で帰ることにした。家に着くと、洗濯機に衣類を放り込み、スタートボタンを押す。そのまま、ばたり、とベッドに倒れ込んだ。

夕方に目覚めた健一は、取り憑《つ》かれたように作業を再開した。プレゼン資料のメインビジュアルと、それに続く流れが決まったので、あとは細かい作業を重ねるだけだ。

ご飯も食べずに作業をしていると、珍しく天津から電話がかかってきた。

「お疲れさま。今ちょっといい？」

「はい、大丈夫です」

天津は淡々とした口調で、驚くべきことを言った。

「さっき水島さんから電話があって、コンペは降りたほうがいいって言われたよ」

「え!?　どういうことですか？」

「今回のコンペは出来レースだって、泣きながら言ってたよ。こんなひどいコンペに参加させるのは、申し訳ないって」

今回のコンペは出来レース……。

もちろん健一も、コンペで伝信堂が有利なことはわかっていた。だけどプレゼンの内容によっては、うちにも可能性があるものだと思っていた。

「伝信堂を推しているのは広報だけじゃないって。どうも広報、商品開発、営業の三部署間で、伝信堂を推すという話が、すでにまとまっているらしいんだ。彼らにしてみたら、コンペになること自体が想定外だったから、まあ、予想の範囲内ではあるんだけど」

「……」

「伝信堂は、ベーシックな提案を、用意してくるんだろうね。そのうえで、もしもうちがだしたアイデアに光るものがあれば、伝信堂のプロモーションに活《い》かしてもいいんじゃないかって、そんな話もしているらしい」

「ええ？」

嘘だろう、と健一は思った。自分たちが懸命にだしたアイデアを、それが良かったら盗用する、と彼らが言っている……？

「……そんなこと、あっていいんですか」

「絶対に、あってはならないよ。それを認めちゃったら、誰も新しいアイデアなんてださなくなる」

「……そうですよね」

「そうだよ。モノを創る、ってのを命題にしてるクリエイターなら、そんなことは絶対にしない。第一、モラルやルール以前に、そんなことをしても楽しくないしな」

天津の言葉は、彼の存在証明のように響いた。

「……だけど、だ。大人の世界には、ときどきそんなこともある、ってことなんだろう。現実には、ある、ことなんだよ」

その後、天津は黙った。

スマートフォンのスピーカーから、風の音が聞こえてきた。天津が窓を開けていいるのか、もしかしたら外からかけているのかもしれない。ふうー、と長いため息のような音が聞こえる。今までそんな姿を見たことはないが、天津は今、煙草を吸ってているのかもしれない。

「決めていいよ」

静寂を破り、天津が言った。

「コンペを降りるか続けるかは、健一が決めていい。今回、いちばん頑張ってきたのは健一だからね。おれはその決定に従うよ」

「……いや、でも、……僕なんかが」

正直、健一にはわからなかった。ここまでやってきたことを、今さらやめたいわけはなかった。でもコンペに参加しても、空《むな》しい結果が待っているだけなのだ。

「おれに任せるってことなら、今すぐ、この場で決めるよ。どうする？　その場合はちゃんと、おれの決定に従ってもらうけど」

「……いえ、あの」

健一は、何かを言おうとしたけれど、言葉がでてこなかった。

「……あの、少しだけ、……考えさせてもらえますか？」

「わかった。明日までに、決めておいて」

「……わかりました」

それじゃあ、と、あっさり電話を切った天津が何を考えているのかは、まるでわからなかった。

MacBookの電源を落とした健一は、部屋で寝転がった。天井を見つめ、あらためてショックに打ちひしがれる。どうすればいいんだろう……。自分はこれから、どうするべきなんだろう……。

コンペに参加するのか、しないのか。

普通に考えれば、答はわかりきっていた。コンペにでても、結果はもうわかっているのだ。天津遠山合同会社は、コンペを降りたほうがいい。

あとはそのことを、自分のなかでどう折り合いをつけるか……。

天津に貰った明日までの時間は、きっとその、折り合いをつけるための時間なのだろう。

◇

考えてみれば夕方に起きてから、何も食べていなかった。

家をでた健一は、駅前の商店街に向かった。食欲はそれほどなかったけれど、何か温かくて優しいものを腹に入れたかった。そして静かに、コンペのことを諦めてしまいたかった。

誘蛾灯《ゆうがとう》に惹かれる蛾のように、健一はふらふらと歩いた。そして大して迷うこともなく「ラーメン・プラネッツ」という店に入った。

ここは天津の事務所に通うようになって、すぐにオープンした小さなラーメン店だ。変な名前というか、アドプラに似た名前に親近感を覚え、前から少し気になっていた。

閉店間際ということもあるだろうが、客は健一しかいなかった。アドプラのように潰れなければいいな、などと思いながら食券を買い、カウンターに置いた。無口な職人が、やがてラーメンを差しだす。

一口食べ、美味しいな、と思った。生姜の利いた魚介だしのラーメン。麺はストレートで、色の薄いメンマは柔らかくて長い。

健一の求めていた、温かくて優しいものが、じんわりと腹に落ちていった。

「どう？　美味しい？」

いきなり話しかけられて驚き、顔をあげたら、もっと驚いてしまった。湯気の向こうで、にんまりと笑っているのは、知った顔だった。

「あ、あれ？　……社長ですか？」

「いやいやー、もう社長じゃないよー、遠山くんー」

バンダナキャップを被ったエプロン姿のその人は、元アドプラの権田社長だった。

店に入って会話も一言二言したはずだが、まったく気付かなかった。

ちょっと待ってね、と言いながら、彼はカウンターからでてきた。

「どうしたの？　さっきから、ぼんやりしてない？」

「えーっと……、はい、すみません」

もしかしたら自分がぼーっとしすぎていたから、気付かなかったのかもしれない。

「今日はもう閉店にしちゃうよ。あ、ラーメン食べててね」

ドアを開けた権田が、のれんを外した。

「ビール飲む？　僕は飲むけど」

「……はい」

再びカウンターに戻った権田が、ビールと、煮卵、チャーシュー、メンマの三種盛りをだしてくれた。

「権田……さんは、お店を開業したんですか？　ラーメン・プラネッツって……」

「いやいや、開業したのは友だちで、僕は雇われ店長だよ。店名は僕の案だけどね」

健一の隣に座った権田に、健一は慌てて、ビールを注いだ。

「遠山くんとは、いつ以来だっけ？」

「あの日以来です。最後に事務所の掃除を一緒にして……」

「ああ、審判の日だ！　ジャッジメント・デイだね。ははは」

少し痩せたようにも見える権田だが、気持ちは元気そうに見える。

「あの後も、ほんといろいろあってね。あのあたりの記憶はもう、曖昧なんだよね」

「……そうですか」

「ずっと何もする気が起きなかったんだけど……。だったらお前、店長やってみろよ、って友だちに言われて、やってみようかなって」

「へえー」

健一はビールを一口飲んだ。自分が泣きそうになりながら転職活動をしていた三ヶ月間、この人にはその比でない苦労があったのかもしれない。

「……でも、このラーメン、美味しいですよ、社長」

「そう？　もしかしたら僕には、こっちのほうが向いているのかもしれないね。はは。経営はあんまり向いてないっていうか、実際に一社、倒産させてるしね。はは」

一年半程度の付き合いだったから、健一は権田のことをそれほど知っているわけではなかった。社長はもともと優秀なデザイナーだった、と聞いたことがあったが、社員だったころは、それがあまりぴんとこなかった。

だけどラーメンを食べてみれば、すとん、と腑《ふ》に落ちた。だって権田のラーメンは、こんなにも優しくて温かいのだ。

「それで、さ」

権田は言いにくそうに声をだした。

「遠山くんは……今、どうしてるの？」

多分、健一が暗い表情で店に入ってきたから、気を遣っているのだろう。自分が会社を倒産させたせいで、健一を路頭に迷わせてしまったと、責任を感じているのかもしれない。

「あ、僕は今、天津さんというコピーライターと一緒に働いてます。二人で会社を作ったんです」

「へえー！」

嬉しそうに笑う権田に、財布のなかに一枚入っていた名刺を渡した。

「ん？　アマツ？　アマツって、これ、テンシンくん？　もしかして、テンシン功明くんのこと？」

「はい、そうです」

権田はますます喜び、うんうんうん、と頷いた。

「それはいいよー、遠山くん。テンシンくんと遠山くんかー。それはいいよ！」

「そう言えば天津さんも、権田社長のことご存知でした」

ウィルソンタウンへ向かう車のなかで、天津は権田社長のことを話していた。

「へえ！　あんな優秀な子に、覚えててもらって光栄だよ。天津くんといえば、伊土さんとこの秘蔵っ子だったからねえ。伊土新三の右腕として、将来を期待されてた」

「そうだったんですか」

「うん。あんなことがなければ、今ごろ業界の第一線に立ってたんじゃないかな」

あんなこと？　と首を捻る健一に、権田も首を捻った。

「あれ、聞いてないの？」

「はい。天津さん、伊土さんの話を、あまりしたがらない感じで」

「……そっか」

権田は浮かない表情をし、ビールを一口飲んだ。そのまま煮卵をつまみ、ビールを飲み干す。自分でビールを注ぎ、また一口飲む。

「んー、僕が言っていいのか、わからないけど……、遠山くんは知ってるかな？　T市立美術館の『二人は、黙ったまま』ってコピー」

「はい。好きなコピーです」

健一が専門学校に通っていたころ、テレビCMでも見たし、いろいろなところでポスターも見かけた。

二人は、黙ったまま――。

デートなのに会話もせず、二人は美術品に夢中になる。でも通じあっている。

「いいよねアレ。そのコピーは、伊土さんがコンペで通した作品なんだけど、採用前にちょっと盗用疑惑がでてね……」

盗用――。数時間前に天津と電話で話したことが、瞬時に脳裏によみがえった。

「コピーの評価は断トツで高かったんだ。でも、審査員の一部からパクリじゃないかって指摘があって」

「……………」

「実際にはパクリじゃなかったんだよ。でも……、これは一部の関係者しか知らないことなんだけど、そのコピーを考えたのは伊土さんじゃなかったんだ」

「……それって」

「うん。テンシンくんのコピーだったんだよ。それを伊土さんが自分のクレジットでだしたんだ」

「……」

「それは業界では、なくもないことさ。そのコピーの良さを見抜いて拾いあげたのは伊土さんだし、実際に伊土さんがブラッシュアップして、磨きをかけたのかもしれない。だから問題は、そこじゃないんだよね」

「……何が問題なんですか？」

「えっとね、問題は、伊土さんが最初、天津くんを疑ったことなんだよね。天津がパクった、って、伊土さんが社内で大声あげて激昂《げきこう》したとかいう噂《うわさ》もある」

「いや、それ、絶対違いますよ」

天津は自分の存在証明のように言った。

モノを創る、ってのを命題にしてるクリエイターなら、そんなことは絶対にしない——。

「そうなんだ。その後、天津くんはオリジナルのコピーであることと、指摘のあった作品とはなんの接点もないことを証明して、結局コピーは採用されたんだ。ただね、多分それが原因だと思うんだけど……」

権田は少し言い淀《よど》んだ。

「天津くんは、伊土コピー研究所を退社しちゃったんだよね」

「……それって」

健一は泡のすっかりなくなってしまったビールの液面を見つめた。

「それって、すごく悲しいじゃないですか……」

尊敬している先輩に疑われたとき、天津が何を思ったのかはわからないし、どういうつもりで会社を辞めたのかもわからない。でも自分だったら、と考えてみれば、それはとてつもなく悲しいことだ。

自分が天津に同じことを疑われたら……。それまでの信頼や、尊敬や、パートナーとしての思いは、どんなものに変わるのだろう……。

「でもさ、結果的に天津くんは退社してよかったんじゃないかな。彼は独立して、立派にやっているわけでしょ？　そして彼が独立したから、遠山くんも今、彼と一緒に仕事できてるわけじゃない」

「それはそうですけど……」

「二人は順風満帆にやってるんだよね？」

「それが……、そうでもないんですよ」

「ん？　何かあったの？」

「それが……、自分たち今、コンペに向けて仕事しているんですけど……」

健一は権田にコンペの現状を打ち明けた。諦めようとしていたはずだが、話しているうちに自分の言葉が、どんどんヒートアップしていく。

「そうか……。んー、だけどＫＡＫＩＴＡがねえ……。ＫＡＫＩＴＡって、そういう会社じゃないと思ったけどなあ」

「僕には、そういうのはわからないです。ただもう、今までやってきたことが、すべて無駄になってしまって。これじゃあなんのために会社を作ったのかって」

「え？　ちょっと待ってよ。じゃあもう、プレゼンには参加しないの？」

「それはそうですよ。この状況で、プレゼンに参加する選択肢なんて、ないじゃないですか」

「いやいや、僕は大いにあると思うよ」

権田は真面目な顔で言った。

「出来レースとはいえ、君たちの提案を、先方さんは時間を作って、見てくれるんでしょ？」

「……はい」

「提案を聞いてくれるっていう状況は、実は作るのがすごく大変なことで、貴重なことだと思うよ。機会ってのは、誰にでもあるわけじゃないし、いつもあるわけじゃない。倒産してからほんと、そういうの身に染みて思うよ」

　権田は健一に笑いかけ、ビールを注いでくれた。

「僕だって、もともとデザインが大好きだったんだよ。仲間と一緒に何かを創るのが、大好きだった。会社が大きくなってからは、仕事も大きくなったけど、僕自身は、要は営業をやるだけになっちゃったからね。現場でモノを創っていたときが、いちばん楽しかった」

「……そうなんですか」

「そうだよ。だからさ、君たちのやりたいように、思いっきり提案してみたら？　どうせ出来レースなんだったら、もうなんでもアリでしょ？　思いっきり攻めのプレゼンしてみたら？　いいほうに転がったら、今回の受注はないにしろ、次につながるってこともあるわけだし。少なくとも僕は見たいけどなあー、二人の一発目のプレゼンなんだから」

権田は酔っ払っているわけではないと思うのだが、体を揺らしながら話した。

「やめるなんてもったいないよ。想像するだけで楽しそうだもん。うん。だってこれ、青春だよね。これは二人の起業・血風録ですよ、遠山くんー」

ふざけているような感じで語る権田だったが、目の奥は熱かった。

「そうやって挑戦したことは、必ずいつか、君たちのためになりますよ」

「僕たちのため、ですか？」

「そう。負けたって、生まれる何かがあるんだから」

「……………」

「だって、創るのは楽しいんでしょ？」

「はい……」

「楽しいこと、なんでやめるの？　仕事は愉快にやらなきゃね、上機嫌に」

仕事は愉快に、上機嫌に――。

驚いた顔をする健一に、権田が教えてくれた。

「これ、伊士さんの昔のコピーだよ」

「……そうだったんですか」

天津の伊土への気持ちが、いっぺんにわかった気がした。

悲しくやるせない思いをしてもなお、天津は伊土を尊敬し、伊土に感謝しているのだろう。でもだからこそ、これからの天津は、誰よりも愉快に上機嫌に仕事をやってやると、誓っているのだろう。

ビールを飲み干した健一に、権田はもう一本、瓶ビールをだしてくれた。チャーシューもお代わりして、二人は今さらながら急ピッチに、ビールを飲んだ。

「権田社長、ありがとうございます。また会いたいです」

「社長じゃないけどね。またラーメン食べにおいでよ、今度はもう少し早い時間に」

「わかりました、すぐにまた来ます」

天津さん、と健一は思った。

For the Teamが世界を動かす、と彼は言った。仲間がいるから起業した、と彼は言った。よろしく相棒、と彼は手を差しだした――。

店をでた健一は、店に向かって一礼し、振り向きざまに走りだした。行き先は自宅ではない。まだぎりぎり、終電に間に合う時刻だ。

「Rock and Roll」――。

電車に揺られる耳元で、ＺＥＰの四人が十五分で創った、奇跡の曲が炸裂《さくれつ》した。きっとそうだ、と健一は思う。天津はレッド・ツェッペリンを、尊敬する先輩に薦められて聴き始めたと言っていた。

きっとそれは、伊土新三のことだ。そうに違いない。

地上にでた健一は再び走った。まだ仕事は山のように残っている。深夜の街の匂いをかぎながら、健一はパーカーのフードを揺らす。

今の天津のパートナーは、健一なのだ。

「天津さん！」

事務所のドアを開けるなり、彼の名を呼んだ。

「おれ、決めましたよ！」

はあはあと激しく呼吸しながら、健一は伝えた。

「天津さんは、水島さんに言ってましたよね？　コンペがどうとか、伝信堂がどうとか、そんなのどうでもいいって」

「……ああ、言ったよ」

「平屋を欲しいと思っている人に、しっかり届けることだけを考えろって」

「……それも言ったよ」

「だったら僕も、届けることだけを考えて、この仕事を愉快に、やり遂げようと思います。出来レースだとしても、必ず、やり遂げます。どうですか？　天津さんはどうなんですか？　僕と一緒にやってくれますか？」

「了。じゃあラフの五ページ目は取りやめよう。ここはもう少し攻めて、もっと個性的な暮らしを打ちだしたほうがいい。実際の住人のインタビューを載せるのが、いいかもしれないな。あ、ウィルソンタウンのあの人に連絡取れないかな？　それからグラビアの――」

「ちょ、ちょっと待ってください。何がですか？」

「ん？　健一が決めたら、それに従うって言っただろ？　この状況でやるなら、もう少し攻めのプレゼンをしたほうがいいからな。全体を一回、見直してみよう。あとすぐに水島さんにメール送ってくれないかな。プレゼン当日は、胸一杯のアイデアをお届けしますって」

「……はい！」

天津はもう健一に背を向け、パソコンの元に歩き始めていた。拳をぐっと握った健一の胸で、嬉しさとやる気が爆発する。やってやる。自分は愉快に上機嫌に、この仕事をやり遂げてやる。

「あの、天津さん！」

どっちだったのだろう、と思った。

「ん？　何？」

「電話したとき、僕に決められないなら、天津さんが決めるって言ってたじゃないですか？　この場で今おれが決めるって、言ってたじゃないですか」

「……ああ、言ったよ」

「あれって、どうするつもりだったんですか？」

「……それは、お前、」

健一のパートナーは、パソコンの画面を見つめたまま答えた。

「内緒だよ」

少しだけ口の端をあげて、にやり、と笑う、彼の横顔が見えた。

◇

火照《ほて》った頭がすっきりする、ちょうどいい冷気だ。

十二月に入ったばかりの冬は、まだ本気をだしてはいなかった。人々の軽めの冬服と、街に施されはじめたクリスマスの飾り付けは、まだ少しアンバランスだ。でもじきに釣りあうのだろう。

名古屋駅前、ＫＡＫＩＴＡの入った高層ビルに、健一たちはやってきた。受付を済ませ、案内されたのは、大会議室の隣の小さな控え室だ。

プレゼンは準備がすべて――。

天津はこの一週間、それを言い続けていた。コンペに通れば、その準備が足りていたということだ。落ちたとしたら、それは準備が足りなかった、もしくは相手の準備が上回っていた、ということに過ぎない。

昨日は事務所で一日中、リハーサルを繰り返した。長谷川をクライアントに見立て、タイマーで時間を計り、質疑も想定しながら、プレゼンの進行をシミュレートした。ハトリでの長谷川はプレゼンを受ける側の人間だから、いろいろと有用なアドバイスをくれた。

「……プレゼンって、緊張するね。いつもと違って、今日は提案する側だもんね」

月曜日の今日、午後半休を取った長谷川が、アシスタントとして同行してくれた。

「緊張しなくなったら終わりだよ。緊張は、今の自分から覚醒しようとしている証拠だからな。武道館でコンサートするときも緊張したほうがいい」

天津はオリエンのときと同じように、ぽちぽちとスマートフォンのゲームをしていた。以前にも見たことがあるが、これはもしかしたら天津の、緊張を抑制するルーティーンなのかもしれない。

「健一は？　緊張してるの？」

「……いや、僕は特には」

と答える健一を、天津と長谷川が驚いた表情で見た。

「まさかの、緊張しないタイプ？」

「意外と図太いというか、鈍いタイプなのかな」

失礼なことを言う二人だが、健一は別に本番に強いタイプではない。でも今はなぜか、平らかな気持ちというか、やるだけのことをやりきって満足したような気持ちだ。ここに来るときの電車のなかでも、ＺＥＰの「胸いっぱいの愛を」を聴いてきた。

「頼もしいね、さすが副社長」

「いや、僕は別に、緊張していないってだけで……」

「お、終わったかな」

天津がスマートフォンをポケットにしまい、大会議室のほうに目線を向けた。会議室の扉が開いたようで、足音や話し声が聞こえてくる。

「さすが伝信堂さんです、現実的で堅実なアイデア、ありがとうございました」

「いや、でも、あれは想定外ですよ」

「すみません。我々も把握していなくて……」

なんの話をしているのかわからなかったが、伝信堂のディレクターの声が少し上擦っていた。ブラキオサウルスにも、何か大きすぎるが故の悩みがあるのかもしれない。

「天津遠山合同会社様ー」

やがてスーツ姿の水島が、控室を覗き込んだ。

「ただいまプレゼン開始の五分前です。準備がよろしければ、お入りください」

「はい、伺います」

いちばん先に立ちあがった天津が、健一と長谷川に向き直った。

「行くぞ。愉快なプレゼンタイムだ」

「はい！」

扉を開けてくれた水島と、健一は目を合わせた。精一杯やります――、頑張ってください――、と、そんな感じに。

健一たちは荷物を抱えて、大会議室へ向かった。この日のためにやってきたことを、あとはだしきるだけだ。

「失礼します」

水島に先導されて会議室に入ったが、まだ全員が着席しておらず、ところどころで立ち話をしている人たちがいた。

「本日はお忙しいなかありがとうございます。天津遠山合同会社さんですね」

審査員席のほうから歩いてきた男が、健一たちに声をかけた。

「……月島《つきしま》社長」

天津が驚いたようにつぶやき、わけがわからないまま健一たちは挨拶をした。

KAKITAの代表取締役社長・月島昇《のぼる》に会ったのは、もちろん初めてだが、パンフレットやホームページで何度も写真を見ている。

「本日急遽《きゅうきょ》、月島も審査に参加させていただくことになりました」

と、水島が言った。

「どうぞ、よろしくお願いします」

「こちらこそよろしくお願いします」

恐縮して頭を下げる健一たちに、月島社長は柔和に微笑んだ。

「遠山さんはどちらですか？」

「はい、わたしです」

な、なぜ自分なんかの名前を！　と驚きながら健一は答えた。

「ああ、遠山さん。実は先日、元アドプラの権田さんと、お会いしましてね」

月島社長は、健一のような若輩者にも敬語で話してくれた。

「権田さんのかわいい後輩が、うちのコンペを一生懸命頑張っているので、ぜひ見てやってほしいって言われました。ならばわたしも審査に参加させていただこうと思いましてね。あ、だからと言って依怙贔屓《えこひいき》するような審査はしませんよ。参加させてもらってよろしいでしょうか？」

「はい。ありがとうございます。本日はよろしくお願いいたします」

微笑んだ月島社長は、審査員席のほうに戻っていった。審査員席に座る他の三人は、どことなく浮かない表情をしている。

健一たちは驚いたまま、プレゼンの準備を始めた。

「……健ちゃん、ナイスだよ。アドプラから、ちょっと遅めの退職金がでたな」

天津が小さな声でつぶやいた。

「……こんど一緒に、ラーメン食べに行きましょう」

健一も天津にだけ聞こえるようつぶやいた。

MacBookをモニターにつなぎ、企画書の表紙を大きな画面に映した。

初めて見る天津のスーツ姿が、ばしっ、とキマっていた。チェックの柄の入ったネイビーのスーツにブラウンのタイ。似合わないネクタイならいいのに、と思っていたのだが、めちゃめちゃ似合っている。

やがて時計を見た水島が、マイク越しに声をだした。

「それでは十四時になりましたので、天津遠山合同会社様、よろしくお願いいたします」

はい、と水島に会釈し、ややおいて、天津が凜とした声で言った。

「本日はよろしくお願いいたします。資料はプレゼン終了後に、お渡しします。まずはモニターをご覧ください」

そして愉快なプレゼンタイムが始まった。

◇

アメリカの田舎町を想起させる、ＺＥＰ流カントリーミュージック、「Down by the Seaside」が会場内に響いた。

真っ暗なモニターは徐々に明るくなり、モニターの最下部に、平屋の家がゆっくりと姿を現した。背景はうっすらと青くなっていき、平屋の周りに小さな鳥のシルエットが集まる。アニメーションによる朝の描写に、鳥のさえずりが重なっていく。

やがて背景は紺碧《こんぺき》の空へと変わっていった。白い雲がぼんやりと現れ、平屋の家に時々、影を落とす。ゆるやかな午後の時間が、雲とともにのんびり流れた。

抜けるような空の青に、やがて暖色が編み込まれていった。家々はオレンジ色に染まり、子どもたちが遊ぶ無邪気な声が、スピーカーからこぼれた。

日が沈み、家の光が灯り、夜空に星が瞬いた。

空付き、一階建て。

夜空の真ん中に、大きなコピーが現れた。

会場がざわつくなか、引き続き、モニターに実写の動画が流れた。それはウィルソンタウンで、健一が撮った動画を編集したものだ。

さきほどの幻想的なアニメーションとは対比的に、今度はリアルな街の風景が流れた。無邪気に遊ぶ子どもたち。家の前のオープンな空間でバーベキューをする住民。カフェの傍らで談笑するミュージシャン。その背景には、個性豊かな平屋が建ち並ぶ。

イメージは水平に展開した。海辺のリゾートや、ビンテージな邸宅、アウトドアキャンプ、様々な画像のコラージュが浮かびあがり、ボディコピーがテロップで流れた。

棲み処《か》が変われば、生き方も変わる。発想も変わる。
やりたいことは、こんなにもあった。
初めてのことに挑戦したくなる。日常を破りたくなる。
日常のなかに、非日常を見つけだす家。
僕らと私たちが、探し求めていた家。

そして最後に、締めのキャッチフレーズが大きく映った。

この家には、非日常が住んでいる。

審査員たちは食い入るように、モニターを見つめていた。月島社長だけでなく、広報部長や、商品開発部長や、営業部長も、真剣なまなざしだ。

ここまで約十五分。天津が最初に挨拶してから、まだ誰も、一度も言葉を発していなかった。今回依頼されていたカタログデザインの説明も、一切していない。今回の商品をリリースする意義や、コンセプトみたいなものを、冒頭のアニメーションと動画で伝えようという作戦だった。

「続いて、これからお配りするデザインラフを、ご覧いただければ、と思います」

天津が言うと同時に、長谷川が立ちあがり、資料を配布し始めた。Ａ４を横にしたサイズの冊子で、開くとワイド感がある。今回のカタログの束《つか》見本（実際のカタログと同じ紙で製本したサンプル）だ。

「以下のご説明は、弊社デザイン本部長の、遠山からさせていただきます」

デザイン本部長、って、こんなときにつまらない冗談はやめてくださいよ、と健一は思ったが、瞬間、心が軽くなったような気もした。

当初はこのデザインの説明は、天津がする予定だった。だけど自分にやらせてほしい、と健一は天津に頼んだ。デザインの本質を説明するまでがデザイナーの仕事、とは、ハトリのクリスマスケーキのチラシを作ったときに、天津に言われたことだ。

審査員たちが冊子を開いたのを確認し、健一は説明を始めた。

「最初のページをお開きください。誌面のほとんどが、空です。冒頭のアニメーションでご覧いただいた世界観を、カタログのイントロページで再現しています」

カタログというより、家のグラビアのようなものを、ここでは目指した。朝、昼、晩。冒頭の三見開きを贅沢に使って、時間帯によって異なる家の表情を時系列で追う。

「イントロページの最後に、印象的なコピーを挿入します。『空付き、一階建て』。かつて憧れの象徴と言われた〝庭付き一戸建て〟というフレーズを、変化させたものです。これまでの住宅の常識を覆す、新たなステータスの提案として打ちだします」

「これ、おもしろいかもね」

「僕も好きだな……」

商品開発部長と営業部長の声が聞こえた。

「ありがとうございます。次のページからは、この平屋でどんな暮らしができるのか、どんな新しい生活が始まるのか、リゾートライフ、アウトドアライフ、趣味を拡大させるヴィンテージライフ、といった切り口でページを構成しています」

　ここの写真はまだダミーだが、どんなページになるかは、ラフを見れば十分理解できるようにした。

「そのページの最後に、動画で紹介したボディコピーと、『この家には、非日常が住んでいる』というキャッチフレーズを挿入します。実際のラフの作り込みの際には、実績のある広報部長のご意見も伺って、精査したいと考えています」

「……うん、……それはまあ、いいとして」

　と、広報部長が声をだした。

「イントロで、ちょっとページを使いすぎじゃないかな？」

「はい。それも懸念いたしました。しかし今回、平屋というまったく新しい商品で大切なのは、スペックのアピールよりも、ブランディングだと考えました。この後に住機能を説明するスペックページが設けられていますが、そちらもなるべくページ数をタイトに絞り、全体的にカタログというよりは、ブランディングブックのような印象のものを目指しています。ページをめくるたびに、新しいイメージがどんどん湧いてくるような、見る人がこの家で何かを始めたくなるような、そんな反応を促そうとしています」

「……はい、なるほど」

広報部長は面白くなさそうな表情で、冊子に視線を戻した。

健一はそっと、ハンカチで額を押さえた。絶対必要になるからハンカチを手元に置いておけ、と事前に天津から言われていた。広報部長の質問は前日に想定していたとおりのものだったが、先方からの質疑はやはり焦るものだ。

「……遠山くん」

長谷川がスマートフォンのタイマーをそっと見せてくれた。少しだけ時間が押しているが、十分取り戻せる範囲だ。

「それでは最後のご説明ですが、カタログ見本の巻末をご覧ください」

ギターを抱えた長髪の男性の大きな写真に、「私が平屋を選んだ理由」というタイトルがついている。その下に「保土ケ谷《ほどがや》ジローさん・四十七歳」とキャプションが打たれ、「平屋のフラットな空間で、音楽仲間と楽しく過ごす日々」という大見出しがついている。

「こちらはダミーのインタビュー記事ではなく、実際に平屋居住者の方に、話を聞いて書き起こしたものです」

「……へえ」

営業部長が声を洩らした。仮のインタビューだから簡単なものだが、審査員たちは熱心に読んでくれている。

「都心から郊外の平屋に移り住んで、開放的な暮らしをしている方が意外と大勢いらっしゃいます。こうした『平屋の先輩』がたのお話をカタログに掲載するというアイデアです。購買意欲の促進につながると考えています」

健一たちはウィルソンタウン近くの国道沿いのレストラン『サミュエルズ』に連絡を入れ、常連の長髪男性と連絡を取りたいとお願いした。すぐに長髪男性の保土ヶ谷さんから連絡が入り、今回の許可を得た。ラフに使った保土ヶ谷さんの写真は、健一がこっそり撮ったもののうちの一枚だ。

「以上をもちましてデザインの説明を終わらせていただきます。質疑などございましたら、よろしくお願いします」

健一は手元のハンカチで汗を拭った。説明をやり遂げた安堵《あんど》が少しあったが、ここからが本番とも言える。だけど応答については、天津も手伝ってくれる。

「はい」

と、隣で天津がいきなり手を挙げたので、驚いてしまった。

「もう一つご提案を、よろしいでしょうか。今思いついたのですが……」

急に何を言ってるんだ、と健一は思った。ここまでほぼシミュレーションどおりに進行しており、しかも割と反応がいい。この期に及んで、彼は一体何を言おうとしているのか。

「この商品を特徴付けるために、すべての規格に、天窓を入れられませんか？」

はあ？　という顔をしたのは、健一だけではなく、審査員たちも同じだ。

「居室の窓から庭を眺めるように、天窓から空を眺められるんです。そうすれば、まさに『空付き、一階建て』になりませんか？」

「いやいや」

と、広報部長が声をだした。

「君たちに提案してもらいたいのはカタログのデザインであって、商品のデザインではないから。ねえ？」

彼は商品開発部長に同意を求める目線を送った。

「んー、確かにそうだけど……、そのアイデアは、いいかもしれないな」

「うん。営業部としても売りやすい」

と、営業部長も言葉を続けた。

「とはいえコストの問題もあるし、耐震性や採光性など設計の見直しが必要になるからね。実現できるかどうかわからない。でも、ちょっと考えてもいいかもしれない」

「ありがとうございます」

ポーカーフェイスの天津の隣で、健一はハンカチで汗を拭った。

「……あの、他にご質問等はありますでしょうか？」

審査員たちは冊子を見返したりしているが、特に質問はでないようだった。そろそろプレゼン終了の挨拶をしようかと思ったとき、意外な方向から声が聞こえた。

「……あの、」

声をあげたのは水島だった。

「……最後に、わたしから質問してもよろしいでしょうか？」

水島は健一たちに、というより、審査員たちに同意を求めているようだ。

「もちろん、どうぞ」

と、答えた月島社長に頷き、水島は一拍おいてから言った。

「ではわたしから一つ、ご質問させてください。オリエンの際、天津様から、商品名はないのかという質問をいただきました。今回のプレゼン時に提案していただいても構いません、と返答したのですが、今回のご提案には、商品名のアイデアは含まれていませんでした。それはなぜでしょうか?」

健一は瞬時に焦ってしまった。ネーミング案は、天津と一緒に幾つかだしたものの、これというものに到達しなかった。だから今回の提案には含めなかったのだ。

「水島さん、ご指摘ありがとうございます」

だけど天津は落ち着いたトーンで言った。

「それについては、申し訳ありません、今回は力及ばずです。ネーミングというのは、〝名付け親〟と言うように、本来親がするものです。私たちも尽力しましたが、まだこの商品の親にまでは、なりきれませんでした」

天津は水島や審査員たちを見渡し、言葉を継いだ。

「もし今回のカタログを受注した際には、この商品の親であるみなさんと一緒に、ぜひ、ネーミング会議をさせていただきたく思います。ご担当者それぞれの思いが必ずあるはずです。会議のファシリテーションは我々にさせてください。その際には、水島さんもぜひ、ご参加ください」

「……はい」

水島は涙を堪えているように見えた。

「……ご質問ありがとうございました。それでは弊社のプレゼンを、これで終了とさせていただきます。皆様、ありがとうございます。お疲れさまでした」

健一はハンカチを握りしめながら、プレゼンの終了を告げた。

いい未来って
なんだろう

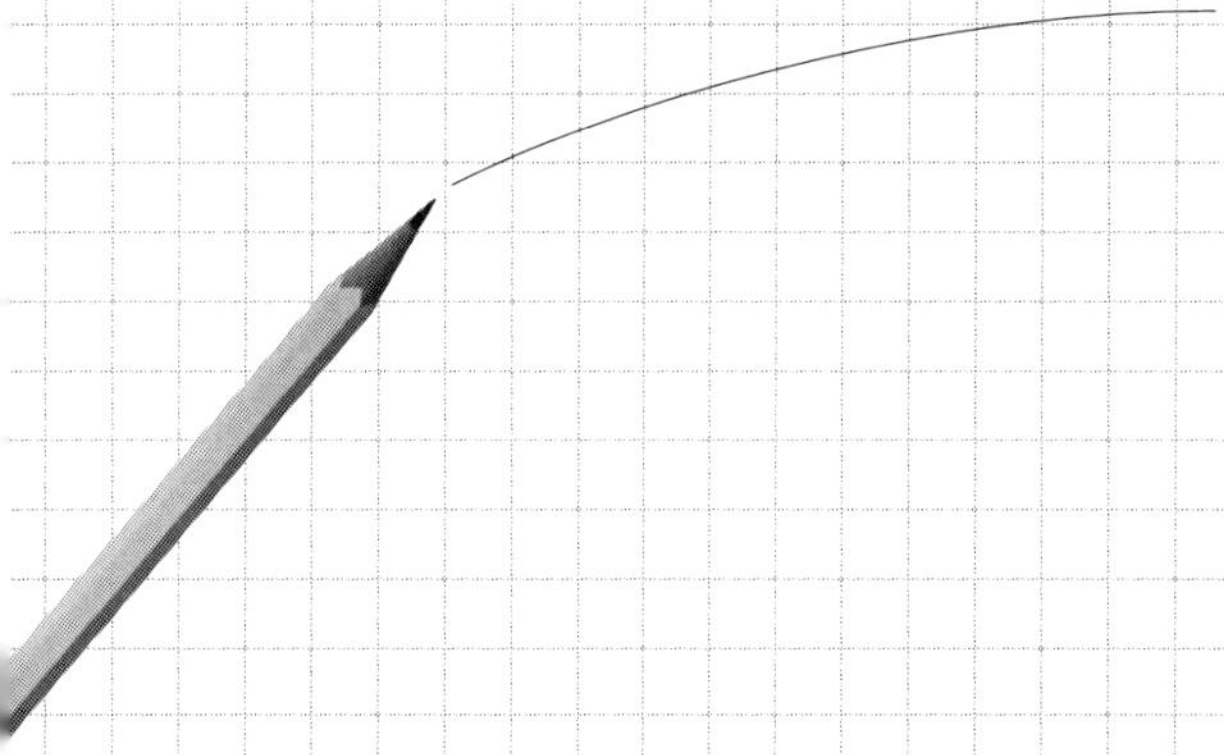

「Good Times Bad Times」（いいときもあれば悪いときもあるさ）――。

ロバート・プラントのその声で胸を満たす健一にとって、十二月二十四日の今日は、審判の日だ。

二週間前のプレゼンは、健一にとって重要なキャリアになった。今回のプレゼンを通じて得た経験や、培った技術や、磨かれたセンスや、鍛えられたメンタルや、できたネットワークなどを考えると、どんな結果に終わっても悔いはない。だけどやっぱり採用されたらいいな、と、期待するばかりだ。

地下鉄を降りると、ほぼ正午だった。クリスマス・イブの街は、ランチどきとあって賑やかだ。

手をつないでどこかに向かう恋人たち。カラフルな紙袋をぶら下げた買い物帰りの人。窓際の席で見つめあうカップル。それらクリスマスに関わる人々を完全黙殺し、牛丼屋で列を作る孤高のサラリーマンたち。

事務所に近づくにつれ、そんなクリスマスのムードは減衰していった。目の前には古びたマンションがあり、ドアを開ければいつもどおり、背の高いミニマリストが立っている。

「おはようございます」

「おはよう」

「プレゼンの返事、まだですよね？」

健一は緊張しながら訊いたのだが、天津はそっぽを向きながら答えた。

「うん。夕方には、来るんじゃないかな」

廊下を塞ぐように立っていた天津は、作業部屋のほうを、あっち、と顎で示した。

「届け物が来てたよ。部屋に置いてある」

なんだろう、と、健一が作業部屋に入ると、大きな箱が部屋の真ん中に置いてあった。きれいな台形の白い箱に、その中身の姿が印刷されている。

iMac、27インチ……。

「まじですか！」

さすがにこの先も、MacBookだけで仕事をこなすのは、効率が悪いと思っていた。ずっと欲しかったiMacを、天津が買ってくれたのだ。

「天津さん、開けていいですか？」

と、振り向いて言ったのだが、天津はそこにいなかった。作業部屋をでた健一は、リビングに向かう。

「天津さん、ありあれ？」

リビングには、メガネをかけたサンタ女子がいた。健一と目が合うなり、「メリークリスマス！」と、いきなりクラッカーを鳴らす。

「うわちょっ、長谷川さん、驚かせないでくださいよ」

「えー？　今日はクリスマス・イブなんだから、驚かすでしょ？」

ぱーん、とまた真横から音がして、うわち！　とまた健一は驚いてしまった。振り向くと、無表情の天津が、空になったクラッカーを健一に向けている。

「ちょっと、やめてくださいよ天津さんまで」

まったくこの同級生コンビは、と思いながら、体についたクラッカーのテープを払った。だけどすぐにそれを思いだして、満面の笑みに戻った。

「そうだ！　iMacありがとうございます。あれって、クリスマスプレゼントですか？」

「いや、違う。あれはただの、新調した会社の備品だ」

「ええ？　でも」

「健ちゃんへの本当のプレゼントはこっちだよ」

長谷川サンタの横の壁際に、白い大きな袋が置かれてあった。長谷川の腰の高さくらいまであって、袋の先が赤いリボンで結ばれている。

「え？　なんですかそれ。ずいぶん大きいですね」

「開けるよ。こっち来て。そこに立って」

「え、はい」

指示されたところに行くと、長谷川が赤いリボンをほどいた。白い袋がさっと下までずり落ちると同時に、また別の赤いサンタが立ちあがり、右手をあげた。

「メリークリスマス！」

袋からでてきた水島サンタと目が合ったが、健一は呆然とするばかりだ。

「長谷川さーん、やっぱり恥ずかしいですよ！」

顔を赤らめた水島が、長谷川に訴えた。あまりの衝撃に、健一の言葉はでてこない。

「どう？　わたしのサプライズ！　水島サンタもかわいいでしょ？」

「……いや、というか……でも」

この状況は一体、なんなのだろう。そもそも水島は、こんなことをやっている場合ではないんじゃないだろうか。

「水島さん……、仕事は大丈夫なんですか？」

「……はい。ここへは、仕事で来たんです」

「え？」

「あの……、プレゼンの結果がでました。引き続きよろしくお願いします」

ぺこりとお辞儀をした水島に、一秒、二秒、と、少し遅れて理解が追いついてきた。引き続きよろしくお願いします——。つまり自分たちはプレゼンに勝利したということだろうか!?

「えっと……、まじですか？　プレゼン、通ったんですか？」

「そうです。通りました！」

「おおおおおー！」

生まれてこの方、あげたことのない雄叫びをあげながら、健一は天津のほうに向き直った。それはまさに、自分たちへの本当のクリスマスプレゼントだ。

「天津さん、やりましたね！　あれ？　いない」

首を振って天津を探したが見つからなかった。代わりにどこからかジングルベルの歌声が聞こえてくる。ややおいて、隣の部屋から、全身サンタの格好をした天津が現れた。

「メリークリスマス……」

天津の言葉に、数秒の沈黙が部屋に落ちた。

Someone is walking over my grave.（誰かがおれの墓の上を歩いている）、などと意味のわからないことを、天津がつぶやいた。

「……ほらすべってるだろ、だからおれは嫌だって言ったのに」

「ちょっと天津くんも、水島さんも、もっとテンションあげてやってよー。せっかくのサプライズなのに！」

「サプライズ？」

長谷川がピースサインでにっこり笑った。

「天津さん……、プレゼン結果、もう知ってたんですか？」

「ああ。昨日の夜、『ふくろう』にいたら、広報部長から直々に電話があったんだ。いろいろあったけど、よろしくって」

「それ聞いたら、わたし、どうしても健ちゃんの驚く顔を、見たくなっちゃったん

「……そうしたら、ほら、全然いいじゃん」って。この商品は、みんなで協力しながら大切に守り育てていくんだよね！」

「……それ……満足しましたか？」

「いや、全然。もっと驚かせたかった」

今度もしこういうことがあったら、腰を抜かして驚いてみせなきゃならない。そうしないと、この人はサプライズを加速させてしまう。

「……いや、でも天津さん。コンペに通ったのは、ホント驚きました」

「そうだな、大逆転だ」

初めて健一のほうから、腕をV字にして手を差しだした。天津がそれを、ぐい、と握るのを、長谷川と水島が、嬉しそうに見ている。

プレゼン後の舞台裏では、広報部長がしぶとく伝信堂をプッシュしたらしい。だけど商品開発部長と営業部長が天津たちのアイデアを推した。社長は特に何も言うことなく、現場で決めなさい、というスタンスだったようだ。

「わたし、楽しみです。これから、みなさんと一緒に仕事ができるのが」

と、水島は言った。

「それで実はあの、ネーミング会議のリーダーを、わたしが担当させてもらえることになったんです」

「へえー！」

「いいねえ。じゃあこの後、軽く打ち合わせしていくか」

「はい！　よろしくお願いします」

「おれ、あの部長たちとも、なんだかうまくやっていけそうだからさ。ＫＡＫＩＴＡの仕事、ばんばん狙っちゃうよ」

「はい！　狙ってください」

「それよりさ、あの部長さんたち、三人とも、水島ちゃんの言ってた通りの見た目だったね。三人とも！」

などと言いながら、長谷川が冷蔵庫のほうに向かった。部屋に入ってきたボンゾが、天津サンタに喉を撫でられ、んなあ、と鳴く。

「さ、じゃあ、みんなでケーキ食べようよ」

長谷川が、白い箱を持って戻ってきた。

「あ、これって、ハトリのクリスマスケーキですか？」

「そう、ハイエンドのやつね」

テーブルの真ん中に置いたクリスマスのホールケーキを、長谷川がカットし始めた。

「……これって、まさにアレですね、天津さん」

「そうだな、まさにアレだな」

「アレってなんですか？」

首を傾げる水島に、健一は作業部屋に小走りに向かった。

Ａ４の用紙に印刷されたそれは、デスクの引き出しに大切に保存してあった。

それは健一が初めて見た、天津のコピーだ。この事務所で初めてした仕事の記念に、ずっと取っておこうと決めたのだ。

戻ってきた健一は、四等分では少し大きすぎるケーキの隣に、それを置いた。


今年は、人生でいちばん美味しいXmas——。

楽しく自由に仕事をするために大切なこと

対談　佐久間宣行×中村航

中村　考えてみたら佐久間さんとは、もう一〇年近い付き合いになります。

佐久間　最近はご無沙汰ですが、二、三か月に一回は会っていましたよね。カトチエさん（歌人・小説家の加藤千恵）に航さんを紹介してもらって、西加奈子さん、朝井リョウさんたちも含めてみんなでご飯を食べるようになって。僕は基本的に、芸人さんやクリエイターといった表に出る人とは飲まないんです。でも、作家さんの会だけは顔を出していました。

中村　あの頃から佐久間さんのトークはすごく面白かったです。ラジオでレギュラー番組（『佐久間宣行のオールナイトニッポン0（ZERO）』）が始まった時は納得でした。

佐久間　いや、みなさんの話が面白かったんですよ。小説家のトーク番組をオードリーの若林（正恭）君と作ろうとなって、BSで『ご本、出しときますね？』という番組をやったくらいですから。

中村　他が面白すぎるんで、僕はいつも聞き役に徹するつもりでいるんです。でも、だいたい途中で何か余計なことを言うらしく、みんなから怒られていました（苦笑）。

佐久間　確かに。西さんと朝井さんはたいてい何かの議論をしてて、加藤さんはよくわかんないけど、途中で必ず泣き出すんですよね。その頃になると航さんはべろべろに酔っぱらって失言をして、みんなから死ぬほど怒られている。僕は、それをつぶさに見ている（笑）。航さんの発言でめちゃくちゃ印象に残っているのは、カトチエさんがミュージシャンのmiwaさんを連れて来てくれたことがあったんですよね。miwaさんは初めての武道館ライブを控えていて、「緊張します」と。そうしたら航さんが「俺、昔バンドやってたけどさ」と言い出して、「miwaちゃん、緊張した方がいいんだよ。その方が逆にいいパフォーマンスできる」って……その時点で既にトップクラスの人気ミュージシャンにアドバイスしたんですよ！　あれは衝撃を受けました。

中村　緊張した方がトクだよって言いたかったんですよ（笑）。

佐久間　この本の中に武道館のくだりがほぼそのまま、登場人物のセリフとして出てくるんですよね（※「緊張しなくなったら終わりだよ。緊張は、今の自分から覚醒しようとしている証拠だからな。武道館でコンサートするときも緊張したほうがいい」）。当時の衝撃を思い出しました。

中村　書いたこと忘れてたんですけど、文庫化の原稿チェックをしてた時気付きました。みんなも武道館でコンサートする時には、緊張した方が良いですよ。

フリーになった佐久間さん
社長になった中村さん

中村　コロナ禍もあってなかなかお会いできなかった間に、佐久間さんは長年勤めていたテレビ東京を退社してフリーになりましたよね。

佐久間　そうですね、二〇二一年三月末付けで。理由はいくつかあるんですが、管理職の仕事がしたくなかったんですよ。ディレクターとして現場で働き続けるには、フリーになるしかなかったんです。航さんは、作家になる前は会社員だったんですよね？

中村　はい。ちょっとイカれてるんで、みんなはマネしちゃだめですけど、僕は会社を辞めて、小説家を目指したんです。会社員の時に、小説を一本書いてみたんですよ。「この賞の締め切りまでに書くことができたら辞めよう」と思っていたら間に合ったので、応募したその日に辞めますって言いにいきました。結局、賞を取ってデビューしたのは三年後なんですけど。

佐久間　なるほど。イカれてますね（笑）。

中村　執筆業はフリーでやってきたんですが、二〇一六年に会社（ステキコンテンツ合同会社）を作って、二〇二〇年から出版事業とか始めたんです。会社の仕事は大変なんですが、めちゃくちゃ楽しいんですよ。チームで動く、というのは小説ではまずないことですし。今回の小説を書いたきっかけは、編集者から「次はお仕事モノを」と依頼をもらったことなんですが、会社作った経験が書けるんじゃないかなと思ったことも大きかった。

佐久間　コピーライターとデザイナーがチームを組んで仕事する話です。

中村　主人公の一人の職業をコピーライターにしたのは、一緒に会社を始めた仲間がコピーライターで、仕事の話を聞いていたら面白かったからです。フリーランスのデザイナーを誘って二人組のチームになって、大手広告代理店とコンペで戦う、とか。小説のタイトルを付けることって、ある意味コピーライティングなので、自分の経験も活かせるのかなと思ったりもしました。

佐久間　僕はフリーになってから、ディレクターとして広告の仕事も受けるようになったんです。それもあって今回の小説は、単行本で読んだ時よりもグッとくる部分が多かったですね。例えば、広告の仕事とは「価値を顕在化」することだ、と書いてある。その商品やサービスについて、クライアントが本当に言いたいことを汲み取ってかたちにするのが広告の仕事なんだなと、僕もこのところ感じていたんです。会社員からフリーになる時の不安も、思いっきり身に覚えがあるものですし。

中村　佐久間さんでも不安があったんだ……。でも、今超絶忙しいですよね？

佐久間　せっかくフリーになったんだからいろんな仕事を受けてみようと思ったら、いろんなジャンルから仕事が来るようになっちゃって、収拾が付かなくなっているところです（笑）。

当事者になれる仕事をする自分の人生の当事者になる

中村　エンジニアをやってた時は作家になんて思ってもいなかったし、作家になった後で出版社を作るなんて想像もしていなかったんですが、結局、その場その場の判断で今こんなことになっている。結果として今すごく忙しいんですが、楽しく仕事ができている。佐久間さんはどうですか？

佐久間　楽しいですね。自分がやっていることは仕事なのか趣味なのか、年々わからなくなってきていますね。さっき会社員時代に比べて忙しくなっていると言いましたけど、自分で全部判断して仕事を決めているし、他人に左右される時間がほぼなくなったから気持ち的にはラクなんですよ。会社員時代は自分にはどうすることもできない突風みたいな忙しさが不意にやってきたり、システム上の効率の悪さなどで忸怩たる思いを抱えて過ごす時間も長かった。二〇代の頃は特にしんどかったなぁ。

中村　ＡＤだった頃ですか？

佐久間　そうですね。ＡＤの仕事って、要は他人に仕える仕事なんですよ。自分のやりたい仕事ややるべき仕事が、他人の気分次第でガラッと変わっちゃうんです。僕は自分の番組の企画を早めに通せたからそうじゃない仕事も確保できましたけど、ＡＤだけやっていたら辞めていたと思う。周りは「ＡＤをやりながらプロデューサーの仕事もやるって、仕事が倍になるのによくやってるな」と思っていたらしいんですけどど。そういう二〇代だったから、三〇代、四〇代とどんどん自由になっていってる感覚なんです。そこで何が起きているのかということが、航さんの小説の中に書いてあったんですよね。当事者になれる仕事をする、ということができるようになっていったんです。

中村　それは僕自身、サラリーマンを辞めて作家になってからすごく感じたことですね。サラリーマンの頃は、仕事に対して当事者じゃなかったんです。その感覚は、自分の人生に対してもあった。だから、小説を書いたのかなと思うんです。

佐久間　他人事でやっていると、「これどうですか？」って人の判断を仰ぐばっかりになってしまう。当事者として仕事をすれば、自分の頭で考えるし、気付くことや楽しめることも多くなりますよね。

中村社長に足りないのは上機嫌さ!?
やり方や工夫次第で仕事は楽しくなる

中村　小説の中で主人公たちは、「仕事は愉快に、上機嫌に」というモットーを掲げています。佐久間さんの本（『佐久間宣行のずるい仕事術』ダイヤモンド社刊）にも、「楽しそうに働く」ことのメリットが書かれていましたね。リーダーはチームのためにも上機嫌じゃなければいけない、「リーダーはだれより本気で楽しそうに働くこと。これに勝る育成法はない」とか……ズキっとなりました（笑）。

佐久間　僕も小説を読んでいて、通ずるところがあるなと思っていました。ＡＤの頃、どうしてみんなで仕事をしにここへ来てるのに、立場が上の人間は自分の機嫌の悪さを下にぶつけてくるんだろうと思っていたんですよ。「お前のもらう給料から、不機嫌分の金を返せよ」と。あとは、「性格のいいタレントって言われてる人は、マネージャーがイヤな奴だったら評価は相殺するよ？」と。

中村　もっともな話ですね（笑）。佐久間さんにビビってる若手とか、いないんですか？

佐久間　昔から知っている人は大丈夫なんですけど、四〇歳を越えて出会った人はまずビビってますね。中村さんはわかってもらえると思うんですけど、僕、口調のベースはぶっきらぼうなんですよ。ある時ＡＤの若い子に印象を聞いたら、「喋り方で最初、嫌われていると思いました」と言われたんです。立場的にも、機嫌を気にされる人になってきている。四〇代になってから、特に若いスタッフと接する時は上機嫌でいるようにしていますね。

中村　上機嫌を演じる、ぐらいの気持ちでいた方がいいんですね。僕はその部分が全く足りていないんですよ。会社ではざっくりいうと編集者の仕事をしているんですが、自分の小説を書くことと同じかそれ以上に楽しい。内心ではすごく楽しく仕事をしているんですけど、周りからは仕事をしている姿が怖そうに見えるというか、妙に恐れられるんです（苦笑）。会社でいいチームを作りたい、という憧れはめちゃくちゃあります。どうしたらいいんですかね。この文庫をみんなに渡して、読んでもらおうかな。

佐久間　それ、いいと思います。仕事が面白いって素敵だなとか、当事者として仕事をやろうって勇気が出る本ですよ。

中村　デザイナーやコピーライターという職業だったり、起業というちょっと華やかなトピックを扱った話ではありますけど、特殊なことを書いたつもりはないんです。気の持ちようだったり、やり方や工夫次第で仕事は楽しくなりますよ、という話ですから。肩肘張らず、気軽に手に取ってもらえたら嬉しいです。

佐久間宣行（さくま・のぶゆき）

1975年福島県生まれ。テレビプロデューサー、ラジオパーソナリティ。『ゴッドタン』『あちこちオードリー』『ピラメキーノ』『ウレロ』シリーズ『SICKS～みんながみんな、何かの病気～』などを手がける。元テレビ東京社員。2019年4月からニッポン放送のラジオ「佐久間宣行のオールナイトニッポン0（ZERO）」のパーソナリティを担当。YouTubeチャンネル『佐久間宣行のNOBROCK TV』も人気。著書に『普通のサラリーマン、ラジオパーソナリティになる』、『佐久間宣行のずるい仕事術』、『脱サラパーソナリティ、テレビを飛び出す』。

インタビュー構成・吉田大助

広告の会社、作りました

中村航

2023年3月5日　第1刷発行

発行者　千葉 均
発行所　株式会社ポプラ社
〒102-8519　東京都千代田区麹町4-2-6
ホームページ　www.poplar.co.jp
フォーマットデザイン　bookwall
組版・校正　株式会社鷗来堂
印刷・製本　中央精版印刷株式会社

本書は、2021年3月にポプラ社より刊行されました。

N.D.C.913/223p/15cm　ISBN978-4-591-17738-9

P8101465